犬鳴村
〈小説

犬鳴隧道

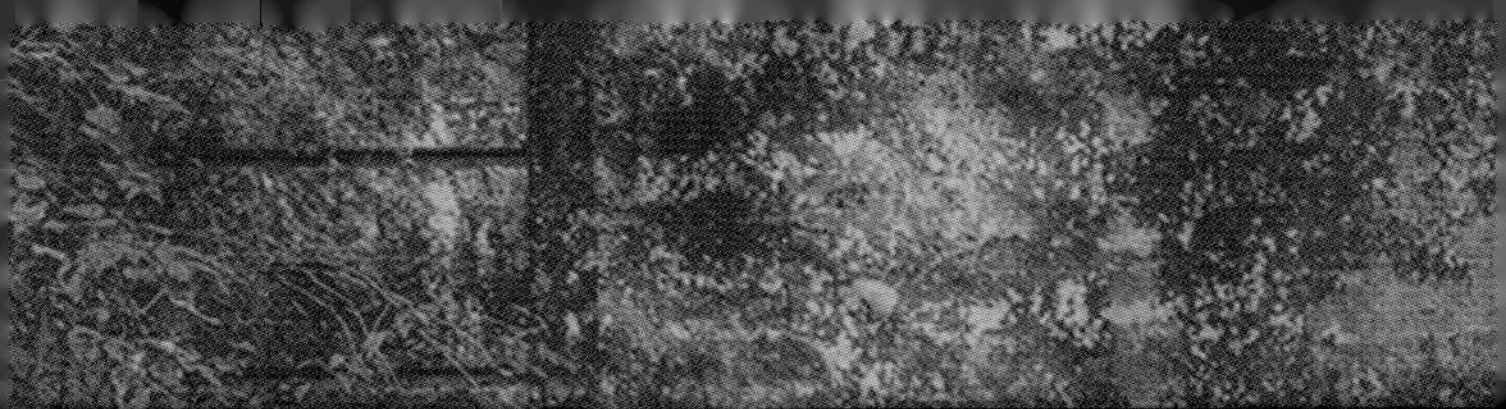

コノ先
日本國憲法
通用セズ

犬鳴村
〈小説版〉

［著］
久田樹生
［脚本］
保坂大輔　清水崇

竹書房文庫

目次

犬鳴村〈小説版〉

序章

目の奥が痛くなるほどの青空が広がっている。

視線を下ろせば、濃い緑の稜線《りょうせん》に囲まれた紺碧《こんぺき》の湖があった。

陽光を反射した銀色の波が、まるで千鳥の群れのように見える。

遠くから野鳥の声が響く。一体何の鳥だろう。甲高く、長い鳴き声だ。目を凝らすがその姿はどこにもない。

遠方で広がった木の葉ずれの音に応《こた》えるように、水面《みなも》に群れる千鳥が如《ごと》き波が一瞬乱れる。吹き上がる風に続いて、碧《あお》い匂いがした。

ダム湖ならではの光景に、しばし我を忘れて見入る。黒みを帯びた青い湖面の真下を見透かすように、そっと。

あの、水面の下にあるのよ、と私は囁《ささや》く。

遠くから、犬たちの悲しげな鳴き声が、細く、高く響いた――。

〈筑豊にあるダム湖〉

ここ――福岡県北部に位置する筑豊《ちくほう》地方には、ある噂《うわさ》があった。
筑豊地方のダム湖には村が沈んでいる。
村には今も死した村民が住んでおり、時折、地上へ出てきては徘徊《はいかい》する、と。
ダム近くにある旧トンネル辺りから、湧いて出てくるという話もある。
古めかしい着物姿の村民たちが、こちらを追いかけてくるのだ。
では、何故《なぜ》、そのような者たちがこの世に迷い出るのだろうか？
それに関して、まことしやかに囁《ささや》かれる伝説がある。
〈ダム建設に反対する村民を、皆殺しにしてから沈めたから〉
ただし、ダムの建設と村の水没は、昭和の世の出来事だ。
法治国家たる日本でそのようなことが起こるはずもない。
そもそも、残された資料を見る限り、ダム建設には何の不備もないのだ。
このような理由で、ただの戯《ざ》れ言《ごと》、単なる都市伝説だろう、という意見が多数だった。
――ただ、つい先日、あるカップルがダム湖に関して、こんなことを話してくれた。

〈ダム湖の近くにある旧トンネルを通り過ぎた辺りで、この世の者ではない集団に出くわし、襲われそうになった〉

旧トンネルは昔から心霊スポットとして有名だった。

そしてその先には、更に恐ろしい場所があると言う。

〈医者の不祥事が理由で、経営が立ち入かなくなった廃病院〉

〈夫婦と息子ひとり、娘ひとりが殺された、一家惨殺の家〉

〈朽ちた鳥居と、潰れかけた祟《たた》りの拝殿〉

〈赤ん坊と母親を監禁していた、檻《おり》のある白い家〉

どれも実際に発見した人間はいないが、ネットや雑誌ではよく語られる話だ。いわば、心霊スポットマニアが足を運ぶ、名所と言っても過言ではない。

ただ、件《くだん》のカップルがこのトンネル付近にやって来た理由は、単なる肝試しだ。有名な心霊スポットだと聞いたから、じゃあ行ってみようかとなったに過ぎない。

懐中電灯を手に訪れた最初こそ怖がっていたものの、何も起こらない。

期待外れだなと、ふざけあっていたそのとき、トンネルが終わって少し歩いたところで、おかしな物を発見した。

トタンで出来た看板だ。

根元が腐っていたのか、地面に倒れている。

私有地やどこかの管理地の表示だろうかと、看板に目を落とす。

そこには色褪せた赤地の板に白いペンキで文字が書いてあったが、すでに風化し読み取れない。

一体何を報《しら》せたかったのか、気になったものの、そろそろ引き返した方がよさそうだ。

二人が相談しているとき、道の向こうから唸《うな》り声が聞こえた。

野犬が発する威嚇の声かと思わず身構え、懐中電灯の光を向けた。

そこには何もない。だが、唸りは続く。

このまま戻るとしても、後ろを見せていいのか。悩んでいると、突然電灯がパチンと音を立てて切れた。

一瞬で真っ暗闇が訪れる。

今まで生きてきて、初めて体験する圧倒的な闇だ。

二人は大声を上げなら、懐中電灯のスイッチを繰り返し押すが、光は戻ってこない。

そのとき、闇の中にぼんやりと何かが光るのを見た。

薄青い仄かな光の中に、沢山の人間が蠢《うごめ》いている。

老若男女、様々だ。ただ、着ている服が古めかしい。

昭和なのか、その前の時代なのか見当もつかない。

彼らは皆、苦悶《くもん》の表情で、歩み寄ってくる。

前方に差し出された手は、確実にこちらを捉えようとしていた。

咄嗟《とっさ》に逃げ出そうとして、転んでしまった。

何かを踏んだせいだ。それは柔らかいながらも、堅い芯のような何かが中に詰まった感触だった。一体何が足の下にあるのだ。しかし、手で触れる勇気はなかった。

そのとき、強い光が目を差した。

彼女が点《つ》けた、スマートフォンのライトだった。

その手があったかと彼もスマートフォンを取り出し、点灯した。

途端に、人々の姿と唸りが消える。

こうして、二人はこれ幸いとそこから逃げ出すことが出来た。


「でも、それ以来、何だか身体の調子が悪くて……。あと、やたらと溺れ死ぬ夢を見ます」

身体を擦《さす》りながら、彼氏の方が訴える。続いて彼女も不安げに口を開いた。

「私も似たような夢が多いです。あと、首に変な蚯蚓腫《みみずば》れが出てきて」

見せて貰《もら》ったが、確かに顎の下、首の部分に赤黒い線が浮き出ている。

それは何か草書のようにも、象形文字のようにも思えた。

「これ、いつまでも消えないんです」

この後お祓《はら》いに行くのだと、カップルは眉を顰《ひそ》めた。

件の村は今もダム湖に沈む。
村民たちは、今も迷い出ているのだろうか。

〈筑豊の伝承と怪奇　久田樹生・著　竹書房・刊　より一部抜粋〉

第一章　少年　――奏

「……遼太郎《りょうたろう》君、怖い夢、見るんだって？」

目の前に座る五歳の少年に、私は訊《たず》ねる。出来るだけ相手が聞き取りやすいよう、意識して。

しかし、少し失敗したかも知れない。我ながら声のトーンに若干の硬さがあった。もっと女性らしい柔らかさを出すべきだったか。職場の仲間からは、何度か「表情に優しさが足りない」「他者を拒絶するような顔をする瞬間がある」と注意を受けたこともあった。普段は気をつけていたのだが。

その証左か、彼は私と目も合わせずに、口を真横一文字に絞り、ひと言も発さない。

加えて、白い壁と天井に囲まれた無機質な部屋という雰囲気のせいもあるだろう。まだ五歳の子だ。緊張するのも無理からぬ話だと思う。

そんな子供たちの緊張を緩和するために、部屋の中にはぬいぐるみや玩具、壁飾りなどを用意しているが、それもあまり効果を成しているとは思えない。

ここは、筑豊大学医学部付属病院小児科のカウンセリングルームだ。

私——森田奏《もりたかなで》の職場である。

児童精神科の研修医《レジデント》として勤務しており、今年で二十五歳になった。が、まだまだ医師への道は長い。未《いま》だ患者を単独で担当することは許されていないのだから。

遼太郎本来の担当は、私の上司である内田《うちだ》先生である。〝森田先生に必要なのは実践だから、まず経験を積みなさい〟と任されたに過ぎない。

(経験、か……。私、大丈夫なんだろうか)

心の中で小さくため息を吐いてしまう。

気を取り直し、患者と、彼に寄り添うように立つ母親、優子《ゆうこ》の様子を視界に入れた。

三十を越えてからの出産だと聞いている。過保護とまでは行かないが、ある程度甘やかしている部分がないこともない。ときどき、僅《わず》かに強い口調で叱る姿も見たが、あくまで一般的なしつけの範囲だ。特に目立つ問題はない。

この子の代わりに、とでもいう口調で優子が話し始める。

「私にも、話さないんです」

私はもう一度、遼太郎を見詰めた。

まだ五歳だが、しっかりとした言葉を話す。ただ、ある一定のことに関しては口を噤《つぐ》んでしまうのだ。今がまさにそうだ。見た夢や、個人的な出来事などに関して途中まで口にするのだが、突然押し黙ってしまう。しかし、そこに意味があることは確かだ。沈黙が雄弁に語ることもあるのだから。

私は遼太郎の様子に注視しながら、彼が自ら口を開くのを待った。

しかし、優子が口を挟む。

「でも、毎晩、毎晩うなされているんです。凄《すご》く、苦しそうな……悲しそうな顔をして」

遼太郎はじっと下を向いたまま黙っている。感受性が強すぎるからこそ、母親とは言え第三者がいる前では、自分の言葉で話せない可能性が高い。

（母親を別室に隔離する必要があるかな）

どうやって誘導するか考えていると、後ろから看護師の映美《えみ》が優子に声を掛ける。

「別の部屋で、お母さんのお話も聞かせて頂けますか？」

「……はい。遼ちゃん、ママ、あっちのお部屋に行ってくるから。先生にちゃんと夢のお話して……ね？」

優子は映美に連れられ、部屋を出て行った。

診察室に二人きりだ。外から伝わる音以外、何も聞こえない。

「何か、ママに聞かれたくない事でもあるの？」

遼太郎が小さな声で答える。

「だって……」

「うん？」

「言っちゃ、だめだって」

「……誰が？」

遼太郎は両親と三人暮らしだ。母親――それとも父親か。外部の人間の可能性もある。

「ママ」

優子が？　しかし、先ほどはこちらに協力的な様子だったように見えたあれはポーズだったのか。

「ママ？　ママは今、お部屋を出て行ったでしょ？」

私は視線をわざとドアの向こう、廊下側へと向けた。ママはここに居ないのだから、もう私には正直に話していいのだ、という意味を込めて。

「……あっちの、ママ」

「あ、あっちのママ？」

俯《うつむ》く彼の言葉に注意深く耳を傾けながら、その表情や仕草をつぶさに観察する。〝あっち〟が何を表現しているのか、読み取らなくてはならない。

「ないしょなの。ママ、かなしくなっちゃうから」

彼が顔を上げる。その目は私ではなく、部屋のどこかをチラチラと窺《うかが》うように眺めていた。同時に背後から違和感を覚える。幼い頃から繰り返される、厭《いや》な皮膚感覚だ。

（ああ、またか）

私は、もう後ろを振り返れない。

遼太郎の遠慮がちな目は、じっと一点を見詰めていた。

私の背後を。


優子を呼び戻し、診察が終わったことを告げた。あまり進展はなかったが、時間をかけて慎重に進める旨を理解して貰《もら》う。

カウンセリングルームを一緒に出て、エレベーターの前まで親子を見送った。映美が下りのボタンを押す。

「すみません」

優子が軽く頭を下げる。その顔に少し疲労感が見えた。

ややあってエレベーターの扉が開く。

優子が遼太郎を促し、〝籠《かご》〟の中へ入った。

中には鏡が設置されている。これは車いすの患者のためだ。中で方向転換出来ない場合、エレベーターから出る際に背後を確認することが可能だ。

とはいえ、身だしなみを整えるのに使う人も多いだろう。

私もふと無意識に鏡に映る自分をチェックした。

いつもと同じ白衣姿。肩まで伸ばした黒髪。少しだけ疲れた顔が気になる。隣に立つ映美より背が高く――いや、同世代の女性の中では、背が高い方だ――痩せぎすなので人に与える印象が気になるところだ。

「色々お世話になりました。ありがとうございます」

優子の声で我に返り、頭を下げた。

「ほら、遼ちゃんも先生にさよならは？」

母親に促され、遼太郎が一歩前に出て手を振った。コミュニケーションが取れるときはこんなにスムーズなのだと考えながら、手を振り返す。

が、彼の視線は私を捉えていない。然《さ》りとて隣の映美に向けられているわけでもない。

背後から、またあの感覚が襲ってくる。〝あの感覚〟。無数の生暖かい濡《ぬ》れた手で撫《な》で回されるような、厭な感触が。

きっとそこにいるのだ。見たくないもの、この世ならざるもの。

見なければ見ないでいい。

しかし、今回はどうしても確かめなくてはいけないような気がした。

遼太郎の視線を辿《たど》るように、恐る恐る振り返る。

肩越しに、女の顔があった。

それはフラッシュバックのように一瞬で消えた。だが、それが長い黒髪の、血の気のない白い肌をしていたことは忘れようがない。虚《うつ》ろな目で手を振っていた。多分、相手は遼太郎だ。

（ああ、やっぱり、こういうことか）

分かっていても、やはりいい気分はしない。心臓がキュッと痛くなる。

動揺を隠しながら、遼太郎たちの方へ向き直った。

そこでまた息が止まりそうになる。

エレベーター内部に取り付けられた鏡。そこに写る私の真横に、今し方見たばかりの白い顔の女が立っていた。

薄手の上着とスカート姿。当然、私の横にこんな女は居ない。ただ、鏡の中だけに存在している。この世の者では決してない。

愕然《がくぜん》として固まっていると、エレベーターの扉が閉まる。視界から、遼太郎たちと鏡の中の女の姿が消えた。

凍り付いたように身体が動かない。

そのとき、背中に何かの気配を感じた。思わず振り返ってしまう。

ただの通行人だ。ほっと胸を撫で下ろす。

「森田先生？　どうしかしました？　さっきから声を掛けているのに」

隣から映美が心配そうにこちらの様子を窺っている。

「え？　あ、うん」

曖昧な返事を返した後、私の口が勝手に動いた。
「私、あの子の担当、外して貰おうかな」
映美が驚いた声を上げる。これまでこんな身勝手な発言はしたことなどないせいか。
しかし、あんなものは二度と見たくないのが本音だ。
(この病院では、あんまり見てなかったのにな)
げんなりしている最中、白衣のポケットの中でスマートフォンが鳴った。
取り出して画面を確かめる。
『兄　悠真《ゆうま》』の文字が表示されていた。

第二章　変異　――奏

（用があるから実家へ帰って来い、って……詳しい話もしないで）

晩秋の陽光が輝く中、私は愛車を走らせる。就職祝いに買って貰《もら》ったものだ。ハンドルを握りながら、兄・悠真との電話を思い出していた。

同時に、兄の傍若無人ぶりが父親に似てきたことも感じてしまう。

（血は争えないか）

実家へ戻ることが急に億劫《おっくう》になる。だが、兄の口ぶりからすると、そうも言っていられない。詳しくは分からないが、交際中の恋人の明菜《あきな》に何か問題が起こったようだ。

レジデントの自分は、今は家を出て病院の寮暮らしだ。だから家に戻るにも、こうして貴重な休みに長時間掛けて移動しなくてはならない。

（でも、明菜ちゃんが心配だからなぁ）

明菜は二十三歳。私より二つ下のお洒落《しゃれ》で可愛い今どきの女の子だ。人好きのするタイプで、天性の甘え上手とも言える。

思い出してみると、悠真が明菜について話すとき、私をよく引き合いに出していた。

「奏、お前も明菜みたいに可愛い格好とかしろよ。いつもパンツばっか穿《は》いていると、男が寄ってこないぞ。……まあお前は、そんなことに興味なんかないか」

確かにパンツスタイルは好きだが、兄から文句を言われる筋合いはない。人には似合うファッションと似合わないファッションがある。当人がどう望んでも身に着けられないパターンがあることを彼は知らないのだ。明菜のような容姿であんな性格の子なら可愛い服でも問題なく、周りに与える印象も悪くないはずだ。それどころか逆に武器になる。

（……ああいうタイプだと、世の中、もっと楽に生きられるのかも知れないな）

少しうらやましいと考えている内、いつしか道路は山道へ変わっていく。実家のある街は山と川を幾つか越えないと入れない。

山の合間に、犬鳴《いぬなき》ダムが姿を現す。

路肩に立てられた表示器の回転灯は回っていない。放流中ではないようだ。

ダム湖を過ぎ、犬鳴川に掛かる赤い鉄橋を渡る。そのまま橋の袂《たもと》にある赤い屋根の電話ボックスを過ぎ、幾度か曲がりくねった道を進むと、住宅街が近づいてくる。高圧送電線の鉄塔が見えてきた後、もう少し先へ進むと、私の実家だ。

立派な門構えの大きな家で、この辺りでは代々続く地主の名家で通っていた。

家の前に車を乗り入れ、車外へ出る。

旧家独特の、いや、多分それ以外の理由の圧迫感が漂っていた。

少しの間深呼吸して、引き戸になった門扉《もんぴ》を開く。玄関まで飛び石をいくつか踏み、ふと家を見上げた。古びた木造二階建ての家屋は、由緒正しさの権化のようだ。

「ただいま」

玄関を開けながら声を掛ける。廊下の向こうに母親――綾乃《あやの》の姿を見つけた。

おどおどしながら、障子に手を掛けている。

障子の向こうは仏間で、立派な仏壇が設えられていた。周囲の鴨居《かもい》にはずらりと森田家代々当主やその妻の遺影が並ぶ。

昔から、この仏間が嫌いだった。亡くなった家族を想うような雰囲気がないからだ。逆に遺影たちが上から威圧感を持って睨《にら》み付けているようにも感じる。

特に、曾祖父にあたる先々代、森田源次郎《げんじろう》のそれは権力者独特の居丈高な重厚感が強い。剃髪《ていはつ》した頭に立派な髭《ひげ》、眼鏡の奥の我の強いまなざし。どこをとっても厭《いや》らしさを感じてしまう。

(今日も、あそこには入らないようにしよう)

私はそう決めてから靴を脱ぎ、黒く磨き上げられた板張りの廊下を進む。

「おかえり」

すれ違いざま、母が小さく声を掛けてくるが、一瞥《いちべつ》して通り過ぎる。それに対し何も言わず、母はそのまま仏間へ入り、障子を閉じた。

（いつもあんな態度。どうしてもっと自信を持って生きられないのだろう）

小柄だから余計に卑屈さが際立つ。母のこういうところが気になって仕方がない。

視線を移すと、縁側に座る兄、悠真の背中があった。

高身長で整った顔立ちの名家の御曹司《おんぞうし》、で周囲には通っているが、実際は無職のニートだ。実家の離れに住み、親の脛《すね》を齧《かじ》って生きている。一部の人間からは穀潰《ごくつぶ》し、厄介者と陰口を叩かれているが、それも仕方がない。俗世間一般の見解なのだから。

そんな兄に向けて、私は少しつっけんどんな口調で声を掛ける。

「で、何？　どうしたの？　どういう状況？」

「……明菜がおかしいんだよ。今朝帰ってからずっと」

彼が嘆息しながら訴える。起き抜けではないはずだが、上下スウェット姿だ。パッと見ただけでも疲れ切っていることが伝わってくる。

私はコートを脱ぎ、折り畳みながら状況確認を続けた。

「おかしいって、何が？　どういう風に？」

「それが分からねぇから、お前に聞いてンだろッ！」

激高する兄を制するように、会話を進める。

「何それ？　……精神的なものかも、って言っていたよね？」

「……まぁ」

まぁ、か。悠真の見立てでしかないから、明菜本人を看《み》てみないと分からないことが多い。だが、対象に近しい第三者からの情報も必要だ。

「今朝って、昨夜《ゆうべ》はどこに行ってたの？」

「……ンネル」

「え？」

「犬鳴トンネル」

犬鳴。この辺り、ダム周辺に残る地名だ。しかしそんな名前のトンネルは聞いたことがない。

「犬鳴トンネル？」

聞き返した瞬間、後ろから驚きの声が上がった。

振り向くと、弟の康太《こうた》が興奮した様子で駆け寄って来た。この年の離れた弟は、いつものように近くの階段に身を隠して、大人同士の会話に聞き耳を立てていたのだろう。

久しぶりだが変わらぬやんちゃさで、矢継ぎ早に質問を重ねていく。

「ユウ兄《にい》さ、犬鳴トンネル行ったの？　いーなー！　実は俺、今調べてるんだ。夏から続けてる自由研究で。村は？　村ってあるの？」

自由研究？　村？　一体どういうことだ。

「え？　康太、その、犬鳴トンネルって知ってるの？　村って？」

私の問いに、康太が小馬鹿にしたように答える。

「当ったり前じゃん！　え？　姉ちゃん、知らねぇの？」

首を横に振ると、彼は自慢げな口調で教えてくれた。

「メッチャ有名な心霊スポット！」

心霊スポット。ああ、知らないのは当たり前だ。心霊スポットなんて行きたくもなければ、聞きたくもない。自分の周囲から切り離したいカテゴリーの話だ。

(でも、この子、そういうの、オカルト大好きだったな)

康太の部屋の本棚に並べられたその類《たぐい》の書籍を思い出しながら、悠真に向き直る。

「心霊スポット……？　ねぇ、何やってんの？　そんな所に行って」

「だって、明菜が」

バツの悪そうな顔だ。こちらに視線を合わせない。

その場の空気を読まずに、康太が囃《はや》し立てる。

「呪われてるんだよ！　全国的にも超有名なんだぜ！」

嗜《たしな》めようとした瞬間、仏間に続く障子が開いた。

「そんなもの、あるかッ！」

父親——晃《あきら》が仁王立ちのまま、康太を不機嫌な顔で睨み付けている。

きちんと整えられた髪に、仕立てのよいスリーピースのスーツ姿。身長の高さも相まって、家長としての威厳よりも傲慢さが勝る。

母と違って、父は常に尊大な態度を崩さない。そんな父の後ろを母がついて歩く。まさに、三歩下がって影を踏まないように。

(仏間、か)

父はいつものように歴代党首の遺影に囲まれて、仏壇に手を合わせていたのだろう。

「康太。首を突っ込むんじゃない。向こうへ行ってなさい」

父が康太の肩に手を掛けながら諭す。いや、諭すと言うより、ほぼ強制に近い。

「……ごめんなさい」

康太は肩を落として階段の方へ歩いて行った。二階の自室へ戻るのだろう。

末の子を見送った後、父が押し殺した声で、兄を叱りつける。

「おい、悠真。下らないことに康太を巻きこまないでくれないか？　あの子までお前のようになって欲しくないんだッ！」

悠真は無言で立ち上がり、そのまま庭へ出て行くと、離れの方へ立ち去っていく。

(逃げるんだな)

いつものパターンだ。父と兄は互いを憎みながら生きている。

もう何年も前、高校受験に失敗した兄が父親から「どうしてあの程度の学校へ入れない？　森田の名を汚した出来そこない。恥曝《はじさら》しめ。育て方を間違えた」と叱責されたことがきっかけだ。それまで父は兄に期待をしていたし、愛情も注いでいた。しかしたった一度の失敗で父は兄を見限った。その反動か、兄は一気に堕落してしまったのだ。そしてグレてしまい、あまりよくない人間たちと付き合い始めた。まるで父への当てつけのように。以来、二人は反目し合う関係を続けている。兄が職に就かないのは父への反抗でしかない。彼は父と真っ正面からやり合うことは避け、屈折した形での意思表明を繰り返していた。

しかし、悠真が今の自分にコンプレックスも抱いていることは、言われなくても伝わってくる。どうしようもない自分に苛立《いらだ》っている様子は端《はた》から見ていても辛《つら》い。

だから、今、父が口走った「あの子までお前のようになって欲しくない」という台詞は、悠真にとって一番言ってはならない言葉でもあった。

「ねぇ、そういう言い方、するから」

無駄だと理解しながらも、父に苦言を呈す。

「奏、お前は黙っていろ」

いつもと変わらないやり取りだ。何を言っても無駄なのだ。

「おい、出掛けるぞ」

いつの間にか傍《そば》に立っていた母に、父が声を掛ける。

「はい」

その手には父の鞄《かばん》が握られていた。

母と目が合う。が、すぐに視線を外された。

父は足音を響かせながら玄関へ大股に歩いて行く。その後ろを母が小走りに追いかけた。

（お母さん、本当に……）

呆《あき》れながら、二人の対照的な後ろ姿を見詰めた。

「誰に似たんだか……」

玄関から父の小言が漏れ聞こえる。母は無言で鞄を渡した。

「やっぱりあいつは、お前の卑《いや》しい血筋だな」

聞き慣れた冷たい口調だ。しかし、〝あいつ〟は誰を差しているのか。悠真か。それとも私か。まさか康太ということはないはずだ。

「いってらっしゃいませ……」

玄関を出て行く父に向かい、母が深々と頭を下げる。

私は思わず、顔を背けた。

（……卑しい血筋、って。お父さんは、一体どうしてそんなことを言うのだろう）

確かに母の実家は名家でも何でもない。森田家と比べて良家の血統ではないとでも言いたいのか。しかし、それを承知で父は母と結婚したのではないのか。

門の傍から、父の車のエンジン音が遠ざかっていく。

玄関へ目を戻すと、薄暗い中、母がこちらを見ていた。が、すぐに顔を伏せる。

（お母さん……）

この家は、家族という関係が機能していないのだと、改めて思い知った。

私は再び玄関へ戻る。悠真が向かった離れへ向かうために。


離れは母屋の裏手にある。

元々使用人の起居する場所だったが、時代と共に家族以外の者が敷地内に住むことはなくなった。使用人たちが姿を消した後、幾度かの改築がなされ、一般的な木造住宅に近い造りになっている。

離れの建家は表からあまり見えない場所にあるが、悠真にとっても父にとっても好都合だろうと思う。

悠真は父の束縛から逃れ、好き勝手するための城として。父は出来損ないの長男を隠すための座敷牢《ざしきろう》的な隔離施設として捉えている節があった。

どちらにせよ、互いの利害は一致していると言える。

私はその離れへの通路を久しぶりに通った。途中で悠真に追いついたが、兄はこちらをちらりと見ると、すぐに大股で歩き出す。

「ねぇ、ちょっと！　何？　どうしたらいいの？　どこにいるの？」

後を追いかけながら、明菜に対してどう対応すればいいのか訊《き》く。

離れに辿《たど》り着くと、悠真は私を入り口に招いてこう言った。

「とにかく診《み》てやってくれよ」

「えっ⁉　明菜ちゃん、ここにいるの？」

この一、二年は離れで半同棲していた二人だったが、明菜は実家に戻っていると思っていたのだ。深刻な状況であるなら、親元に身を寄せるのが普通だろう。

そのとき部屋の中から、若い女性の歌声が聞こえてきた。

明菜の声だ。

「あかごはみずにながしちゃろ　さむかろ　あつかろ……」

メロディーからすると、わらべ歌か。しかし、これまで耳にしたことがない歌だ。

横で悠真がため息を吐いた。私は単純な問いを投げかける。

「何、これ？」

「さっきから、ずっと……」

彼は言葉を濁し、俯《うつむ》いた。

離れに上がり、悠真の部屋の前へ通される。

扉が開けられた。雑多なアイテムが乱雑に詰め込まれた部屋の中に、明菜が座っていた。

七分袖と短パンの、寝間着姿だ。

彼女は歌を歌いながら、テーブルの上で熱心に右手を動かしている。画用紙らしきものの上に何かを描いているようだ。周囲を一切気にせず、作業に没頭している。ただし、目線をどこに合わせているのか判別できない。

自閉スペクトラム症の子供たちを思い起こさせる姿だった。

「いねもできなきゃ　ふたしちゃろ　ふたしちゃろ　わんこがねぇやにふたしちゃろ　あかごはみずにながしちゃろ……」

明菜は歌い続ける。歌詞の意味は理解不能だが、何故《なぜ》か寒気を感じた。こんなに穏やかなメロディーなのに。

明菜を観察しながらゆっくり部屋に入る。

三脚や照明、撮影用風景《バックドロップ》、色とりどりの衣装、メイク道具、ギターの間を抜けながら、彼女の傍らへ近づく。

「明菜ちゃん?」

名前を呼ぶと、相手は我に返ったようにこちらを向いた。

「……奏ちゃん?」

華奢《きゃしゃ》な身体の至る所が、絆創膏《ばんそうこう》や包帯、ガーゼなどで粗雑に手当てされている。

これもまた、虐待を受けていた子供たちの姿と重なってしまう。

まさか、悠真がやったのだろうか。いや、それはない。彼は明菜と喧嘩《けんか》することはあっても、手を上げるタイプではない。だとしたら事故か……にしては軽傷に見える。では、他の誰かに……最悪の想像が頭をもたげる。いや、思い込みは良くない。まずは診なくては。

「ねぇ？　それ、どうしたの？　ちょっと見せて」

寄り添うように明菜の横に座った。だが、明菜は怯《おび》えた様子で背を向け、膝を隠すように抱える。完全な拒絶の態度だ。

(見られたくない、ってことか。だとしたら、やはり)

心に大きな傷を負うような、第三者の暴力に晒《さら》された可能性が高い。

「調子、悪いの？」

出来るだけ柔らかいトーンで水を向ける。

「調子？　調子は全然……明菜、メッチャ、元気！」

こちらに向くことなく、彼女が明るい声を上げる。しかし、上滑りしているように感じられた。空元気《から》、と言おうか、今の彼女の状態とは真逆の反応だ。

無言で見守る悠真に、小声で訊《たず》ねる。

「何があったの？」

「いや……俺にも、訳、分かんなくて」

困惑した口調だが、何かを隠しているのは間違いない。

唐突に彼女が口を開く。

「明菜、見たんだよね」

その視線はこちらではなく、宙を漂っている。まずは相手の言いたいことは全て聞かなくてはならない。先を促す。

「見たって、何を?」

彼女がすっと私に顔を向けて、言った。

「いぬ」

「犬……?」

再び明菜の目が空中を彷徨《さまよ》いだす。

「いぬが　にしむけば　お　は　ひがしだけど　いぬが　しろければ　そりゃおもしろい」

おかしな節回しで、彼女が語る。

犬が西向けば、尾は東だけど、犬が白ければ、そりゃ、面白い……?

「——よね?」

明菜が微笑む。何も知らない子供のような、無垢《むく》の笑みだった。

悠真は何も言わない。ただそこに立ち尽くしている。

「え?　どう……」

突然、明菜が立ち上がった。何かを思い出したような顔つきだ。

「……おしっこ」

尿意を告げ、そのまま部屋を出て行く。後ろ姿を見送る他なかった。

一息つき、静かになった室内をふと見回す。

よく見れば、部屋の一角がミニスタジオになっている。DIYでもしたのだろうか。撮影機材とメイク道具、コスチューム類も多数揃《そろ》えられていた。

明菜はネットで動画配信をやっていると、前に聞いたことがある。カメラマン兼編集などを悠真が担当しており、それなりに人気があるらしい。

(動画は全然見たことはないけれど、本格的にやっているんだなぁ)

感心していると、悠真が黙って横に腰を下ろす。こちらの所見を待っているようだ。

(以前の明菜には自閉症の兆候は一切なかった。だとすれば……)

動画配信。怪我《けが》――か。幾つかの病名が頭に浮かんだ。

「多分、文化依存症候群。それか、短期精神病性障害。ねぇ、すぐに病院へ連れて行った方がいい。それから、何か強いストレスを受けたとか、そういう――」

「そんなこと、訊いてンじゃねぇよ！」

いきり立つ悠真に、呆気《あっけ》にとられる。

「え……？」

押し殺した声で訴える。

「ほら……お前。何か昔から、見えたりしてたんだろ？」

虚を突かれた。精神科医としての意見を求めたのではなかったのか。

「小さい頃、妙なことを言ってたの、覚えているぞ……なぁ」

ああ、兄は私のもうひとつ別の――〈みえる〉もののことを言っているのだ。

「やめてよ！」

湧きだしてくる怒りに我を忘れ、大声を上げる。

それは、悠真に対してなのか、それとも〈みえる〉ものに対してなのか、或いは、自分に対してなのか。自分でも理解できない感情だった。

一瞬の静寂が訪れる。

（落ち着け。心をフラットにするんだ）

必死に心の波を宥《なだ》める。何故ここに来たのか？　明菜が心配だから。では、何をする？

精神科医の端くれである私にやれることをやりに来た。

思考がクリアになっていく。

そう言えば、さっき彼女が描いていた絵があった。

精神科では患者に絵を描いて貰うことがよくある。リハビリの一環としての意味もあるが、同時にその人の内面を映す要素として活用出来るからだ。

チェックのため、テーブルの上へ視線を落とす。

一枚の画用紙があった。黒いクレヨンのみで何かが描かれている。崩れた絵文字《ピクトグラム》のような棒人間が数体。他に犬らしきもの。全てがランダムに配置されていた。法則性は全く感じられない。

それらの上には、全てを飲み込むような黒く渦巻く線があった。

（水？　溺れている？　洪水？）

私の目には人も犬も黒い大水に流され、溺れているように映った。

「ねえ、何なのよ。これ？」

「怖ぇよな……。何か、気味悪ィし」

悠真の答えはこちらが求めているものではない。が、これで彼が明菜から絵の意味を報《しら》されていないことは理解できた。

（何故あの子、こんな絵を……）

精神科医として、これまでの経験から読み取れるものがないか考える。例えば、描かれた人の大きさ。犬と比べて、大きさの比率は？　そして筆圧――紙面に集中していると、いきなり窓が叩かれた。

驚いて、顔を上げる。硝子《がらす》越しに康太の顔があった。焦ったような様子だ。

「康太！　お前ここに来んなッつッただろ！」

窓を開けた悠真が怒鳴りつける。しかしそれをものともせず、康太は声を上げる。

「明菜ちゃんが！」

「は？　明菜がなんだって？」

「おしっこしてる！」

私は悠真と顔を見合わせた。確かにさっき彼女はトイレへ行った。

「知ってるよ。何だ？　お前、トイレ覗《のぞ》いたのか？」

嘲《あざけ》るような兄の態度に、康太は憤った。

「は!?　違うよ！　さっき部屋にいたら、外から明菜ちゃんの歌う声がしたんだ。下を見たら、明菜ちゃん、歌いながらおしっこ漏らしてて。こっち見て笑ったんだ。でもそのまま家の外に歩いて行っちゃってさ……」

ふと時計に目をやった。考えてみれば小用には長すぎる時間が過ぎている。

私は兄と顔を見合わせた。

「やべぇ！」

悠真が外へ飛び出していく。私も康太と一緒に後を追った。

「お前らは、あっちを探してくれ！　俺は逆を行く！」

指は右を向いている。指示に従い、私たちは住宅地の方へ走った。

しかしどこまで行っても見つからない。名を呼びながら歩き回るが、彼女の姿はどこにもなかった。通行人に訊ねても首を捻《ひね》られるだけだ。

「後は鉄塔の方かな……。康太、行こう」

「明菜ちゃん！　明菜ちゃーん‼」

弟と二人、声を張り上げながら鉄塔を目指す。

鉄塔は高圧送電線が渡されたもので、住宅地を抜けたところに立っている。

この辺りに住む人々の生活道路脇にあり、夕方になると散歩をする住民の姿が見られる場所だ。明菜がいる可能性は十分にあった。

「明菜ちゃーん！　明菜ちゃん！」

建物を抜け、鉄塔近くへ出てきた。

「あ、あれ。兄ちゃんだ」

康太が呟《つぶや》く。鉄塔の足下に座り込む悠真の後ろ姿があった。だが、様子がおかしい。

（あ……え？　まさか）

一瞬、我が目を疑った。

悠真の向こうに、地面に横たわる人間の身体があった。

駆け寄ろうとする弟を、咄嗟《とっさ》に抱き寄せた。行ってはいけない。見てはいけない、と。

第三章　葬儀　――奏

街唯一の葬儀場には沢山の人々が訪れていた。

送られるのは西田《にしだ》明菜。喪主はその父、西田郁夫《くにお》。

明菜の葬儀だった。

喪服姿の人々が動く様は、黒い波のように見え、囁《ささや》き合う声は、さざ波のように聞こえる。

ときどき耳に入るのは「飛び降りらしいよ」「何か人様に言えない理由らしい」「どうせ森田のボンクラのせいだろ」「ああ、二人とも碌《ろく》でもない生活をしていたらしいね」……というような、心ない噂話《うわさばなし》だった。

私の横で母は頭《こうべ》を垂れている。ここに来た人たち全てに、謝罪するかのように。その身体を支えながら、ぼんやり周りを眺めた。

(どうして、明菜ちゃんは自ら死を選んだのだろう)

幾つか考えた理由はある。躁《そう》状態からの突発的な衝動。或《あ》いはあの怪我《けが》の理由を苦にして、等だ。だが、それはまだ単なる予想に過ぎない。恋人である兄にも分からないらしく、鉄塔下の出来事以降、憔悴《しょうすい》しきっている。食事も摂《と》らず、眠ろうともしない。この葬儀にやって来るときも足取りが覚束《おぼつか》ず、何度か倒れそうになっていた。

（そう言えば、お兄ちゃんは……？）

ふと葬儀会場の入口に顔を向けたときだった。

「おいっ！」

怒声が轟《とどろ》く。

視線を向けるとそこには、悠真と――明菜の父親、西田郁夫の揉《も》み合う姿があった。

突き飛ばされた悠真は抵抗することなく後ろへ倒れた。郁夫はそのまま馬乗りになると胸ぐらを掴《つか》み、強く前後に揺らす。

「何があったんだよ!?　え？　……一緒にいたんだろ？」

悠真は答えられない。目を伏せ、相手の暴力に耐えている。

「おい。一緒にいたんだろ、何があったんだよ、え？　おい？」

押し殺しながらも怒気を含んだ声が、否応なく兄を追い詰めていく。

「あなた！」

明菜の母親、真美子《まみこ》が駆け寄った。スカートの裾が乱れるのも構わずに夫の身体にしがみつき、引き剝がす。その反動で二人とも後ろへ転がった。

「やめてよ！　やめて……あなた……」

消え入るような真美子の声を振り払うように、郁夫が立ち上がる。

その目は、記帳台の方へ向けられていた。

そこには遅れてやって来た父、晃の姿があった。

「おい！　どうしてくれる⁉　お前のところのボンクラ息子と付き合うから！　明菜が……明菜がなぁ！　こんなことになっちまったんだよッ！　おいッ！　どうしてくれんだよ！　おい！　おいッ！」

怒鳴りつけながら、郁夫が私の父に摑みかかる。

「郁夫、やめろ！　おい！　やめるんだッ！」

間に入ったのは明菜の祖父、勝治《かつじ》だ。息子である郁夫を抑え付ける。

離せ、離せと暴れ続ける郁夫を制しながら、勝治は私の父に深々と頭を下げた。

「森田さん、申し訳ございません……」

「親父！　どうして、そんな奴に頭を下げる⁉　明菜が……あんたの孫が死んだんだぞ！　森田の息子が、明菜を殺したんだァ！」

郁夫は何人かに取り囲まれ、どこかへ連れ去られていく。悠真へ、晃へ、そして森田家に対する怨嗟《えんさ》の言葉を吐きながら。

真美子がその場に崩れ落ち、嗚咽《おえつ》の声を漏らす。隣では明菜の幼い弟である宗助が、お母さん、お母さんと泣き叫びだした。

悠真は床に座り込んだまま、脱力したかのように動かない。

痛ましいその様子を参列者が遠巻きに眺めている。

私と母はいたたまれず、顔を伏せる。

（どうして、こんなことに）

母の肩を抱こうとしたとき、彼女が記帳台の方へ視線を向けていることに気付いた。辿《たど》っていくと、父の手に握られた数珠《じゅず》のようだった。手の甲には血管が浮き、数珠のボサが小刻みに揺れている。

（お父さん……）

今、父はどんな感情を抱いているのだろう。

その表情を見てはいけない気がして僅かに視線を逸《そ》らしたとき、父の向こうに見知った顔を認めた。

一連の騒動を窺《うかが》っていたのだろうか。険しい面持ちの老人が立っている。

（山野辺《やまのべ》先生……）

筑豊大学医学部付属病院の重鎮、専属顧問医の山野辺だった。

かねてより森田家と懇意にしていた医者である。話によれば、先々代の源次郎とも面識があったようだ。それほど我が家とは関わりが深い。

私がレジデントとしてあの病院へ勤務できたのも、彼の口添えがあってこそだった。

（でも、山野辺先生がどうしてここへ……？）

亡くなった明菜が悠真の彼女だったとしても、山野辺が参列するいわれはない。

首を捻《ひね》っていると、山野辺が父に声を掛けた。何事か言葉を交わし、二人してその場を離れる。

その様子にどこか不穏なものを感じてしまうのは何故《なぜ》だろう。

「……奏、ごめんなさい。もう大丈夫だから。そろそろご焼香へ行かないと」

か細い声の母に促され、後ろ髪を引かれながらその場を後にした。


葬儀はつつがなく済み、明菜のお棺は火葬場へ運ばれていった。

彼女の親族、仲が良かった友人の他、私たち森田家の人間が同行する。

悠真だけではトラブルが起こる可能性が考えられたこともあったが、私自身、明菜と最後のお別れがしたかったのだ。

明菜の親族との押し問答があったが、勝治の取り成しがあったことで火葬場まで来られたといっても過言ではない。

僧侶の読経が流れる中、納めの式が始まった。

「明菜ちゃん……」

「痛かったなぁ……」

お棺の小窓から覗《のぞ》く彼女の頬に触れながら、皆が別れの言葉を伝え続ける。

すすり泣く親族と、遺影の中で明るい笑顔を浮かべる明菜との対比が痛々しい。

式が終わり、小窓が閉じられた。

火葬が始まる。

（明菜ちゃん、ここにもいなかった。葬儀会場にも。死んでから、どこにもいない）

死した明菜の姿を探す、無意識の思考。はっと我に返る。駄目だ、こんなことを考えていては。

火葬場職員の手で、点火ボタンが押された。思ったより大きな音と共に。

（自分が死んでも、こうして激しい炎で焼かれるのだろうな）

頭の中で具体的なヴィジョンが浮かぶ。

狭く真っ暗な棺桶《かんおけ》の中に横たわる私の遺体。ガチンというスイッチの音の後、あっという間に四方八方から炎に巻きこまれる。

納められたお供え物や白帷子《しろかたびら》。次に髪、表皮が燃え、熱で身体が内部から膨らみ、内臓が爆《は》ぜ、辺り一面に吹き出していく。それをすぐ傍《そば》で見詰めるのは私――。

「――で……なで……奏！」

母の声で妄想の世界から戻る。

（一体、私は何を想像していたのか）

「控え室に行かないと」

傍らには康太が手持ち無沙汰に待っている。悠真はすでにここにはいない。

「うん。ごめんね」

私は二人と一緒に控え室へ向かった。後ろで轟々《ごうごう》と響く炎の音に送られながら。

二十脚程度の椅子が置かれた控え室では僧侶を上座に、明菜の親族と友人たちが座っていた。

入った瞬間、全ての視線がこちらに向く。よくここに来られたな、そう目が訴えている。

それを避けるように少し離れた席へ座った。

(お父さんと悠真は?)

悠真は部屋の隅で、床に座り込んでいる。しかし、父の姿がない。

私たちはバスに乗らず、二台の車に分乗して来たのだ。

両親、康太、悠真の四人はタクシー。私は自分の車だ。

火葬場内にいるはずの父の行方が気になって仕方がない。

「ごめん、ちょっと……」

私は母に断ってから、控え室を後にする。

廊下に出て少し歩くと、ベンチに座る勝治の姿を見かけた。

背を丸め、組んだ両手の上に頭を乗せた姿は、孫を失った悲しみに満ちている。

掛けるべき言葉すら思い浮かばず、その脇を通り過ぎようとしたそのとき声を掛けられた。

「……あの、奏さん、でしたよね？　悠真君の妹さんの」

「はい。今回は……何と申してよいのか……」

頭を下げる他ない。

「すみません。少しだけ、お話に付き合って下さい」

勝治は自分の右横、空《あ》いたベンチの座面を軽く叩いた。その言葉に従い、隣へ座る。

「孫は……明菜はね。それは優しくて、いい子でした」

勝治は私の方ではなく、向かいを見詰めている。私もそれに倣《なら》った。そこには、薄緑色の壁しかない。

「学校の成績は並でしたけれど、何て言うのかな。自分が決めたことに関しては、努力を惜しまない子だったんですよ」

過去形の吐露に心が締め付けられるが、相槌《あいづち》を打つことしか出来ない。

「ほら、うちは普通の家でしょう？　悠真君の……貴女《あなた》の家はこの辺りで一番の名士だ。身分が違う。それをね、明菜はとても気にしていた」

初耳だ。彼女はそんなことを思っていたのか。思わず勝治の方へ顔を向ける。

彼は壁を向いたまま薄く微笑んでいた。

「それでね、明菜は躍起になって頑張っていたんですよ。悠真君の家に見合う、相応《ふさわ》しい恋人になるんだ、って」

だから、動画を投稿していたのだろうか。

今の時代、動画投稿者というジャンルは子供たちのなりたい職業上位にランキングされるほど人気だ。動画投稿を続け、ブレイクし、うちの家に負けないほどの収入を得ようと彼女が考えていた可能性は否定できない。

「具体的に何をしていたかはよく分かりません、でも、明菜はずっと努力していた、それだけは確かなんです――」

勝治が押し黙った。

その両眼からハラハラと涙が零れ落ちる。

溢《あふ》れる涙を拭おうともせず、勝治は忍び泣いた。

私はその場から動かず、ずっと一緒に壁を眺め続けた。

第四章　密談　――晃

「晃君、今回の件だがねぇ」

火葬場の待合ロビー。横に座る山野辺が私に話しかける。

この人物を私は少し苦手としていた。

私の幼い頃から我が家に出入りしているこの医師は、先々代からの付き合いがある。血の繋《つな》がらない縁故とも言える存在だ。

「明菜ちゃんの身体はねぇ」

淡々とした様子で山野辺は語り続ける。

「肺の中に沢山、水が入っていた……溺死だよ」

鉄塔から落下したのに、溺死。あり得ない結果だ。だが――。

「やはり、検視を山野辺先生にお願いしといてよかった」

「他の医者だったら、何かと大騒ぎにされていただろう」

よかったな、と言いたげな恩着せがましい口調に、内心苦笑を浮かべる。

(こんなことを言うために、わざわざ火葬場まで来たのか。ふン、古狸《ふるだぬき》め。昔から羊羹《ようかん》一本渡せば、検視だろうが何だろうが医者の立場を利用し、全部揉《も》み消して来ただろうが……)

羊羹一本は隠語だ。札束ひとつ、要するに百万のことを言う。

私は腕時計を確認した。そろそろ火葬も終わる。控え室から親族らがこちらへやって来る頃合いだ。話はここまでにしたい。これ以上ここに二人で一緒にいる姿を見られたら、問題が生じる。勘のいい人間が何かに気づきかねない。

(痛くない腹を探られるのは……いや、やましいことがないわけでもないがな)

腰を上げる私に、山野辺は声を潜めて続けた。

「昔はね……」

立ち止まり、その顔を見た。

「何度も同じ死に方を、見てきたがね」

知っている。あり得ない溺死をした人物について、先代——生前の父から聞いた。

「覚えているだろう? あんたの親父さんも、それに」

そうだ。その通りだ。知っているさ。

「その前の先代、先々代も」

私は座り直し、山野辺の様子を窺《うかが》った。

その瞳に、怖《お》じ気《け》のような色が浮かんでいる。

「あの当時のことを知っているのは、私とあんた、晃君だけだ。次はそろそろ……我々かも知れない」

自虐的な台詞だ。いや、私を脅しているのか？

「あ。そう言えばな、明菜ちゃんのお腹にはどうやら……おっと」

山野辺が背後を振り返った。

予想通り、控え室からぞろぞろと人々が出てきた。我が森田家の妻、息子たち、娘の姿もある。

「長女は勘が鋭い。気をつけなさい」

私の耳元でこう囁《ささや》くと、山野辺が素早く身を離す。そこへ娘、奏がやって来る。

「あ、山野辺先生。こちらにも来られていたんですね」

「病院は慣れましたか？」

「はい。おかげさまで」

二人は何気ない会話を交わしている。私は再び内心で毒づく。狸めが、と。

第五章　幻聴　──奏

「では奏君。じゃ、また。困ったことがあったら、何でも相談なさい」

山野辺先生が優しい声を掛けて下さった。

「ありがとうございます」

「じゃ、失礼」

すれ違うその瞬間、全身の毛穴が広がるような感覚が襲ってくる。


──この、犬殺しが……。


頭の中に、山野辺の声が響いた。

相手の口はぴくりとも動いていなかった。私の耳で聞いたような感じでもない。直接頭の中に届いたとしか思えない。

明らかな悪意、或《あ》いは侮蔑を含んだ言葉に身が固くなり、振り返ることさえ出来なかった。

「どうしたの？　姉ちゃん」

康太が手を引っ張る。何でもないの、さあ行こうと自分を奮い立たせて、一緒に歩き出す。

しかし、何故、山野辺先生はここへ来たのだろうか。

明菜の検視を担当したとは聞いている。我が家に関係が深い人物の葬儀だから参加していても不思議ではない。だが、わざわざ火葬場までやって来る必要があるだろうか。

〈――この、犬殺しが……〉

先程の言葉が蘇《よみがえ》る。鳥肌が立った。

（一体、どういうこと？　犬殺しって）

廊下を歩きながら、自問自答してみるが心当たりはない。

言いようのない不安感だけが残った。


火葬炉の前で、骨上げが始まっている。

森田家の人間は少し離れて見守っていた。

悠真君の家に見合う、という勝治の言葉を私は思い出す。

（もし、明菜ちゃんが悠真と結婚していたら、私たちも御骨上げをしていたのだろうな）

明菜の親族の合間から、大きな骨片が見えた。形状から言えば、頭蓋骨だろう。若い人だと骨がしっかりした形で残りやすいと聞く。

「あれ、明菜ちゃんなの?」

唐突に康太が訊《き》いてくる。周りの目が痛い。

「おいで」

弟の肩を引き寄せる。その瞬間、康太が「兄ちゃん!?」と驚いたような声を上げた。

見れば、悠真が外へ出て行くところだった。「あれ、明菜ちゃんなの?」と無邪気に問う康太の言葉に、恋人の死を否応なく突きつけられたからなのか。それとも別の理由からか。

どちらにせよ、もう耐えられないという表情だ。

「兄ちゃん!」

追いかけようとする康太を引き留める。

(悠真……)

私はただ兄の背中を見送るしか出来なかった。

第六章　手帳　――悠真

ワイシャツから、線香の香りが立ち上ってくる。

葬儀会場と、火葬場で染み込んだのだろう。

（いつ嗅いでも、厭《いや》な臭《にお》いだ）

母屋の仏間では毎朝、毎晩、線香の煙が漂っていた。でも、これは、この匂いは明菜の葬式で――。

火葬場に居たくなくて、俺は家の離れへ逃げ帰ってきた。あそこに留まっていると、否応なく現実を思い知らされる。

部屋を見渡した。昨日までと変わらない、俺と明菜の城。

撮影機材と衣装、メイク道具、動画用のアイテム、楽器に埋もれて狭いはずなのに、今はどうしてこんなに広く感じるんだろう。

傍らを見れば、アイツのバッグの上に、見知った衣装がある。

胸元がシースルーになった、黄色の服。所々が破けて、血の汚れが付いた、あの日に着ていた衣装だ。

そっと手を伸ばす。柔らかい布地に顔を埋める。

大きく息を吸う。洗剤の香りの奥に、アイツの香りが残っている。いつもなら、この世の誰よりも間近に嗅ぐことが出来た香りだ。

しかし、もう、アイツから直接感じとれる匂いではなくなってしまった。

何故なら、もうその肉体は――。どうして、いなくなったんだ。

堪《こら》えられず、服を元に戻す。そのとき、バッグの中に見慣れないものを見つけた。

小さな手帳だろうか。そっと手に取る。

母子手帳、と表紙に書いてあった。

下に記された名前は、西田明菜。

アイツの名前だった。

平成三十年十月十四日。先月の日付が書かれている。

嘘だろ。アイツ、どうしてだ。明菜……。

鼻の奥がツンとなり、息が出来ない。

視界がぼやけ、頬に熱い涙が流れていくのが分かった。

第七章　伝説　――奏

火葬場を後にした私は、実家に向かった。

時間はまだ午後を回ったくらいだ。一度着替えてから、病院へ戻るつもりだった。

いや、それだけが理由ではない。

弟の康太に、あの犬鳴村の自由研究のことを少し聞きたかったこともある。

〈――犬殺しが……〉

山野辺の声で聞こえた台詞の中に出てきた〈犬〉という言葉。

そして、明菜は犬鳴トンネルから戻ってきて自ら命を絶った。ここにも同じ言葉、〈犬〉が出てくる。

何か関係があるのではないか。いや、康太と話して、二つの関連性を否定し、疑いを払拭したいだけなのかもしれない。

それに、私がいないとき、悠真の様子に気をつけて欲しいと伝えたかった。

父には頼めないし、母に悠真は抑えられない。

ただ、年の離れた弟にだけ、悠真は兄らしい優しさを見せる。もし悠真が捨て鉢な行動を取り、明菜の後を追いそうになったとき、康太が頼めば止められる可能性はある。幼いが頭がよい彼なら理解できると思う。

どちらにせよ、話をしなくてはならないことだけは確かだ。

私は玄関で靴を脱ぐと、両親と先に帰ったはずの弟の名を呼んだ。

「康太ー？　ねぇ、康太？」

返事がない。だとすれば、二階の自室か。

階段を数段上ると、小さな喪服が点々と落ちている。

「また脱ぎっぱなし……ねぇ、この間言ってた自由研究の話なんだけど。確か、呪われた村がどうとかって……」

部屋のドアを開けると、机の前の椅子に座った康太が、手に持った箱に何かをしまうところだった。長方形の箱は風邪薬の瓶が入りそうな大きさだ。

「康太？」

弟がその箱を上下に振る。カタカタと硬いものがぶつかる音が聞こえた。

「分かったよ。もうやめるよ、自由研究」

こちらは何も言っていないのに、どうしてなのだろう。

「え？　どうしたの？」

「だって、明菜ちゃん、犬鳴トンネルに行ったらほんとに……」

落ち込んだ声で喉を詰まらせる弟の姿に、はっとする。ああ、幼いなりに今回のことと真剣に向き合っているのだ。

「んー……そうだね……」

小さな弟に掛ける言葉を選びながら、部屋の中をぐるりと見回した。

本棚や机、床の上に都市伝説やオカルトの本が積み重なっている。いつもの風景だ。

（この子、本当にこういうこと、好きだよね……ん……？）

これだけの本が散乱しているのにも関わらず、部屋の中央に置かれたテーブルの上には何もない。

いや、違う。大きな布で覆われているのだ。

布の表面はへこんだところもあれば、飛び出しているところもある。どうやら下に何かあるらしい。

こちらの視線を知ってか知らずか、康太が立ち上がる。その手には金槌《かなづち》が握られていた。

呆気《あっけ》にとられていると、彼がいきなりそれを振り上げる。

振り下ろそうとしている先は、布の被《かぶ》せられたテーブルだ。

「え!?　ちょっと待って！」

康太の手が止まる。テーブルをもう一度見た。やはり下に何かある。

「……何？　これ？」

「自由研究だよ」

覆われた布をめくる。見るな！　と康太が抵抗するがもう遅い。

布の下にあったのは、畳半畳程の情景模型――ジオラマだった。

紙粘土で地形を形作り、所々に画用紙やダンボールの建造物が置かれている。

稚拙だが、年齢から考えればとんでもない大作だ。

「これは……？」

「犬鳴トンネルだよ！　ほら、ここにトンネルがあるだろ」

ジオラマの真ん中辺りに置かれた画用紙製の四角い箱の側面が、蒲鉾《かまぼこ》形に黒く塗られている。確かにトンネルだ。

「え？　これ、康太が作ったの？」

「うん……」

「へー凄《すご》いじゃん！　せっかく作ったんだから、壊すことはないのに」

内容はどうあれ、せっかくの力作だ。私は座って、再びジオラマを眺めた。

よく観察すれば、地形の起伏も、置かれた構造物もなかなかのリアルさがある。塗られた色は水彩絵の具かポスターカラーのようで、丁寧な作業の跡がしのばれた。

「だって……こんなの作ってたら、ほんとに呪われるかもしれないじゃん」

自身だけに向けた言葉ではないことが痛いほど伝わってくる。家族に〈呪い〉が伝播《でんぱ》することを想像して怖れているのだ。

実際に呪いがあるかどうかは別にして、年の離れた弟のその気持ちと成長が嬉《うれ》しい。

「んー……それは分かんないけど。あ、でもほら！　お兄ちゃんは大丈夫じゃん」

わざと明るい口調で語りかける。

「……だよね」

金槌を置いた康太に、私は気になっていることを訊《き》く。

「でさ、その犬鳴村って、どこにあるの？」

彼は呆《あき》れたように答えた。

「それが分かんないから、都市伝説なんじゃん」

「そっか……」

冷静な答えに、それ以上言葉が出てこない。

康太も座り、ジオラマの方を向きながら説明を続ける。

「地図から消された村だし。でも、この峠のどこかにあるはずなんだ」

彼が山間の一部を指す。

「地図から消された村……」

反芻《はんすう》していると、康太がトンネルの模型を手にした。

「これが犬鳴トンネル！　この前、兄ちゃんたちが行ったところ！」

私は頷《うなず》き返す。ジオラマの位置からして、普段は誰も通らない場所のようだ。

康太は机の上からさっき振っていた小さな箱を持って来た。そしてジオラマの中にある赤く塗られた橋の袂《たもと》に置く。そこには〈のろわれた電話ボックス〉という旗が立てられていた。小箱は電話ボックスを模したものだった。

「これが呪われた電話ボックスで、この赤い橋が……」

説明の途中、窓の外から若い男性たちの会話が聞こえてきた。

「あの……悠真さん、あの……まじで、行くンすか?」

「あたりめーだろ!」

悠真が庭で誰かと話している。すかさず康太が窓へ駆け寄った。

「やっぱ、やめた方がいいと思うンすけど……」

「おい、悠真さんが行くっつってんだよ! 早く手伝えよ!」

悠真とその後輩たちのようだ。どこへ行こうというのか、そこは聞こえない。

康太が部屋を飛び出して行った。

「ちょっと! 康太!」

後を追ってドアに差し掛かった瞬間、背後からあの厭《いや》な感覚が襲う。

生暖かく、湿った手でぬらぬらと皮膚を触れられるような、あれだ。

同時にぼんやりとした人の姿が頭に浮かぶ。

ハンチング帽を被った、若い男性だ。

咄嗟《とっさ》に振り返る。が、そこには誰もいない。

何故だか、テーブルの上にあるジオラマの中に吸い込まれそうな気分だ。

「兄ちゃん！　犬鳴村、また行くの？」

庭に出た康太の無邪気な声が聞こえる。

「康太……お前は向こうへ行っとけ」

邪険に扱いながらも、優しさの滲《にじ》む兄の声。本当に悠真は問題のトンネルに行くのだろうか？　やめさせなくてはいけない。

ジオラマから視線を外し、私も外へ出る。そこには悠真と康太、そして悠真の後輩たちがたむろっていた。

「ねぇ、本当にトンネルに行くの？」

「お前には関係ねーよ！　黙ってろ！」

妹の私には取り付く島もない。

「とにかく！　危ないことをしないで」

悠真は無言で背を向けて、いなくなれと言わんばかりに手を横に振った。

第八章　再訪　――悠真

「悠真さん、やっぱ、マジで行くンすか……？　やめましょうよ。明菜さんの葬式、今日だったんでしょ……？」

　運転手のシンが情けない声で俺に言う。

「うっせぇ。行くッつったら、行くンだよ！」

　後部座席から前のシートを蹴った。ヒッと短い叫び声を上げて、シンがハンドル操作を誤りそうになる。昔から意気地《いくじ》のない奴なんだ。コイツは。取り柄は八人乗りのワゴンを持っていることと、運転手を任せられるくらいなもので、それ以外には何もない。

「おい！　シン！　お前気をつけろよ！」

　助手席でユウジが声を荒らげた。シンの一つ年上のコイツは、仲間内では一時期パシリだった。シンが加わってから先輩風を吹かせるようになったのがあからさますぎる。

「うるせぇぞ、ユウジ、シン。少しは黙っておけよ。ほら、悠真さんがめっちゃウザがってるじゃねぇか」

　場を仕切るように口を開いたのは、俺の隣に座るヒロだ。

ヒロとの付き合いは長い。中学の頃からだから、もう十年以上だ。

仲間内ではナンバーツー的立ち位置だが、コイツは余計なひと言が多い。体格に恵まれておらず、腕っ節が弱い分、口が達者だ。偶《たま》に逆らうが、脅せば大人しくなる程度のヘタレ野郎でしかない。まあ、命令すれば、他の連中を纏《まと》めてくれるから楽と言えば楽だが。

「ヒロ、もういいよ。とにかくだ、トンネルに行くぞ。急がねぇと日が暮れる」

「でも、悠真さん」

後ろのシートから口を挟むヤツがいる。

「なんだよ？　リュウセイ」

坊主頭でガタいがいいコイツは、多少根性が入っているのか、腕っ節《うでぷし》はなかなかのものだ。喧嘩《けんか》騒ぎのときはコイツに任せておけば事足りる。そんなリュウセイが、どことなく不安げな口調で俺に訊《き》いてきた。

「その、犬鳴トンネルの周りって、おかしな噂《うわさ》があるんでしょ？　俺、ネットで調べたんスけど、なんか、ヤベェ感じしかしないんですよ」

「ああ？　なんだ、それ。オメェ、ビビってンのかよ？」

認めるように、リュウセイは続ける。

「えっと、〈イヌビト〉がいるっていうじゃないですか」

「……ああ、知ってる。明菜が調べてたからな」

イヌビト。犬の人と書く。

俺が知っているのは、ネットと、康太の部屋で見つけた本に書かれていたことだけ。

確か、本は〈筑豊の伝承と怪奇〉というタイトルで、こんな内容だった。

〈犬人の伝説〉

福岡県筑豊地方の近辺には、〈犬人《いぬびと》〉と呼ばれるものが現れる。

顔が人で身体が犬という人面犬とは違う。

全く逆で、人の身体に犬のような顔が付いた人間のことを指す。

都市伝説だと思っている人間も多いが、調査をするとこんな話が聞くことが出来た。


昭和二十年代も終わる頃。筑豊でのことだ。

犬人を見たという目撃譚《もくげきたん》がまことしやかに囁《ささや》かれ出した。

周辺住民曰《いわ》く「人間の女が犬と交わって出来た化け物」

犬人は人を見ると襲いかかり、嚙《か》み殺そうとしてくる。或《あ》いは、ものすごい力で水辺に引きずり込んで溺れ死にさせられる。

ただの噂《うわさ》だと笑う者は多かったが、実際に見たという人間も少なからずいた。

ある日、ひとりの民俗学者がやって来た。

九州の民話と伝承を調べに来たその人物は、東京の人間だった。

犬人の話を聞かせると大いに喜び、目撃された場所を調べたいから案内してくれと依頼してきたが、誰も行きたがらない。

ひとりで行ってくれ、ある村へ通じる山道だ、と道だけ教えた。

民俗学者は仕方なくひとりで朝早くに山道へ分け入った。

彼が戻ってきたのはとっぷり日が暮れた頃であった。

何故《なぜ》だか酷《ひど》く怯《おび》えている。訳を訊《たず》ねると、ポツリポツリと話し始めた。

――山道を行く途中、少し脇の獣道《けものみち》へ入った。

いつしか、鬱蒼《うっそう》と木が茂った薄暗い場所へ出た。

そこで妙な物を見た。

ひとりで歩く女だ。

白帷子《しろかたびら》らしきものを身に着けているが、胸元が大きく広き、乳房があらわになっていた。

加えて裾は上に絡げてあり、下着を着けていないことが分かる。

何かを招くように手首を曲げており、股関節から大きく外側へ回すようなおかしな歩き方でこちらへ近づいてきた。足が上がる度に股間の薄い茂みがチラチラ覗《のぞ》くが、何故かそこから大量の血液が流れ出ていた。そのせいか、厭《いや》な臭いが漂っている。

気が触れているのだろうかと顔を確かめようとするが、長い黒髪で隠れて分からない。

恐る恐る声を掛けると、相手がパッと顔を上げた。

犬の顔だった。

黒目が大きく、口吻《こうふん》が盛り上がるように突き出し、大きく裂けた口から犬歯《けんし》が覗いている。

唸《うな》り声を上げながら近寄ってきたので、襲われると恐れ戦《おのの》き、這々《ほうほう》の体《てい》で逃げ帰った。

恐ろしかった、あんなものは見るものではないと民俗学者は震え続けた。

この話を聞いた住民たちは「噂は本当だった。このままだと山仕事も安心して出来ない。犬人を退治するしかない」と山狩りを行った。

だが、犬人――犬の顔をした女は見つからなかった。


今も、福岡県筑豊地方には犬の顔をした女が出るとまことしやかに伝えられている。

目撃が多いと言われている場所は人が少ない山道かトンネル内部である。

トンネルは使われなくなった、とある旧道の先にあるものだ。

幾つか目撃譚もあるが、何故かその場所へは二度と行けなかったと聞く。

謎のトンネルと犬人の関係は、今も分からない。

「――って話だろが、リュウセイ？」

「うん、そういう話」

リュウセイが頷《うなず》く。

俺以外はビビって腰が引けてるみたいだ。

実際、行った俺が断言するが、犬人なんていなかった。ただ、明菜が――。

「ビビってんじゃねーぞ！　俺には霊感があるから、ぜってー、大丈夫だ！」

怒鳴りつけるが、誰も返事をしない。大の大人が四人もいるのに情けない。

更に発破をかけようとしたとき、シンが小さく声を上げた。

「……あ、あそこッスよね？」

進行方向の先、山の麓《ふもと》にあるフェンス式ゲートが見えた。

（ここにさえ来なければ）

俺はゲートを睨《にら》み付けた。

そうだ、あの晩、こんなところへ来なければよかったんだ――。

第九章　村落　——悠真

明菜。三つ下で、背が低く可愛らしいタイプだった。

出会ったときはただの出身校の後輩。でも、いつしか付き合うようになった。最初こそ俺の好みではなかったけれど、いつの間にか居なくちゃならない女になった。互いの性格や考え方が合ったからだろう。

途中から俺の実家の離れで半分同棲《どうせい》しているような感じになった。

半同棲からどれくらいが過ぎた頃だろうか。

明菜は〈アッキーナ〉と名乗り、動画配信を始めた。

離れの自室が収録スタジオであったが、ときどき外での撮影も行っている。

演者は明菜。カメラは俺。

これまで様々なコンテンツを制作してきたが、受けるのは二つの要素だと分かってきた。

ひとつは明菜自身だ。

見目の良い女が、可愛らしい、或《あ》るいは露出の高い格好で出演すれば男が喰《く》い付く。

わかりやすい図式だ。

もうひとつは現場突撃系、かつ、オカルト成分が強めな内容、か。

ネットコンテンツでは「怪談」「心霊スポット」「都市伝説」を扱うと、再生回数や評価が上がりやすい。鉄板ネタと言っても差し支えないだろう。

要するに「可愛い女と心霊オカルトを掛け合わせれば、バズる」確立が上がる。

ということで、この二つを兼ね備えた内容の動画を作ることになった。

これは動画ディレクター兼演者である明菜自身の提案であった。

「〈犬鳴村〉の調査をしたらどうかな？　って思うんだよね」

犬鳴村。俺らが住む九州北部に存在すると言われる、幻の村。

ネットやその他の媒体でまことしやかに囁《ささや》かれ続ける都市伝説だ。

〈福岡県・旧犬鳴トンネルの近くに、日本政府の法治が届かない恐ろしい集落『犬鳴村』がある。そこに立ち入ったものは誰も生きて戻ってこられない〉

ありがちではあるが、調べて行くと妙に具体的な内容が浮かび上がる。

「村は地図や行政記録からは抹消されている」

「村の入り口に〈この先、日本国憲法は通用せず〉と書かれた看板が立てられている」

「広場には破壊されたセダンが置かれており、近くの小屋には骸《むくろ》が山積みにされている」

「江戸時代から激しい差別を受けてきたため、村人は外部との交流を一切絶っている」

「過去に若いカップルが好奇心から犬鳴村に入り、惨殺されたことがある」

「村に通じる道には罠《わな》が仕掛けられており、この罠に掛かると村人が襲い掛かってくる」

……。

気になるのはセダンのこと、カップルのこと、罠のこと、だろうか。

広場に放置されているのがセダン──自動車であるなら、少なくとも昭和の時代まで村は存在したことになる。

また、罠に掛かり、村人に襲われ、カップルは惨殺された、と読み取ることも出来る。

ただし、この法治国家日本でそんなことが可能なのか？　いや、そもそもただの伝説でしかないのか？　話の端々に矛盾があり疑問も湧くが、どことなく辻褄《つじつま》が合っている部分もある。そのことを明菜に話すと、目をキラキラさせて喜んだ。

「でしょ？　絶対、何かあると思うんだ。それにここから結構近いでしょ？　旧犬鳴トンネル。地の利《い》を活かした撮影ができるじゃん？」

明菜の提案に余り乗り気はしなかったが、常に「バズりたい」と口にしているコイツの願いだ。動画撮影を決定した。

何か危ないことがあれば、逃げればいいのだから。

撮影日の深夜、俺は明菜とダム湖近くにいた。

深夜で冬が近いせいかとても寒かった。

冷え切った空気は容赦なく骨身に染みる。湖から上がってくる風のせいだ。ダウンジャケットで防寒してみるが、服の隙間から冷気が忍び込んでくる。中が撮影用衣装の明菜はもっと寒いはずだ。

早めに撮影を済ませた方が良いと判断し、川に掛かる橋の近くにある公衆電話の前で撮影準備を始めた。

橋周辺の近くに立った水銀灯と電話ボックス内部の光でかなり明るい。

だが、この後はどうなるか分からない。ビデオカメラに照明用LEDライトを取り付けながら、段取りについて明菜に再確認する。

「この公衆電話が午前二時になると鳴る。それを取ると〈犬鳴村〉へ行けるって」

笑って説明する明菜の顔が少し強張《こわば》っているようにも見えた。怖いのか、やめるかと訊《たず》ねてみるが、首を振る。どうしてもこの撮影を成功させたい様子だった。

電話ボックスを見上げると赤い屋根になっており、なかなか目立つカラーリングだ。

スマートフォンを見ていた明菜が声を上げた。

「そろそろだよ!　悠真、準備して!」

カメラを構え、じっと待つ。辺りは山を渡る風の音しか聞こえない。

午前二時まであと数分。

カメラのRECボタンを押す。明菜が表情を作り、数秒置いてから話し出した。

「犬鳴川にやってまいりました。そしてこちら！　午前二時に電話が鳴ると噂《うわさ》の電話ボックスです！」

芝居じみた動きで、明菜がボックスを紹介している。オープニングトークは快調だ。

「もうちょっと、もうちょっと」

待ちわびるアイツに俺は突っ込んだ。

「鳴んねーよ！」

鳴る訳がない。どう考えても、だ。

「絶対鳴るって！　三……二……」

明菜がスマートフォンをカメラに向ける。待ち受け画面は、俺とのツーショットだった。やめろと言っているのに、いつまでも変えない。

「……一！　二時になりました！」

静寂。何も起こらない。鳴らないじゃないかというこちらの指摘に意気消沈したのか、彼女の声が暗くなる。

「……鳴んないね。嘘だったのかな？」

当たり前だ。こんなの、作り話が一人歩きしたものに違いない。

「でも、もうちょっと待とう？　もうちょっと！」

食い下がる相手の態度に辟易《へきえき》しかけたとき、唐突に電話が鳴った。

明菜は少しだけ驚いた後、電話ボックスを見やった。

出るなと言ったが、その忠告も聞かず電話を取る。

「……もしもーし。聞こえますか？」

相手は誰だ？　いや、そもそも居るのか？　分からない。

「ね、聞こえる？　これ？」

何も聞こえない。

「あの……今からそちらに向かいます！」

明菜が勢いこんで答え、電話を切る。そしてボックスから出てきた。

「言っちゃった……！」

受話器がフックに置かれる。

「行こう！」

明菜は興奮している。

何が分かったというのか。訊ねても要領を得ない答えしか返ってこない。

「とにかく、行かなきゃ。ほら」

強引に手を引かれる。どっちへ、どこへ？

「いいから。旧犬鳴トンネルへ行かなきゃなんないの……」

急に声のトーンが変わる。虚《うつ》ろな目はすでにこちらを見ていない。それでもアイツは行こう行こうと繰り返す。

確かに撮影という目的があるし、ディレクター兼演者である彼女に従うほかない。

カメラを一度止め、移動を開始する。

「凄《すご》いね！　本当に掛かってきたよ！　電話！」

カメラも回っていないのにテンションが上がっている明菜に適当に相槌《あいづち》を打ちながら、車のハンドルを握る。

本当に行くのか、と問えば、アイツは行くと言って聞かない。

仕方なく、旧犬鳴トンネルを目指した。

昼間のロケハンで、旧道入り口周辺に車が停められる場所があることだけは知っている。開いたフェンスのその奥に進むと、トンネルに行き着くらしい。

わざわざ入り口まで行かなくてもいいだろうとそこで下調べを終えていた。だから、その先がどうなっているのかは知らない。

旧道入り口のフェンス近くにバックで駐車し、カメラを下ろす。

明菜はすでにスタンバイ完了だ。

軽口を叩きながら、頼りない光源の中、道を進んでいく。

「あ。ここだ！」

明菜が指差した。

蒲鉾《かまぼこ》型をしたトンネルがぽっかり口を開けている。中は周囲よりもさらに暗く見えた。近づくと上方に〈犬鳴隧道《ずいどう》〉と金属プレートが塡《は》め込んである。

「では、撮影よろしく！」

トンネルめがけて進む明菜の後を追いながら、カメラを回し始めた。

「ここが犬鳴トンネルです！」

いつものように声色を変えた明菜がオーバーアクションでレポートを始めた。

外より寒く感じるのは何故だろう。澱《よど》んだ空気独特の臭気が気色悪い。

身を固くしながら、彼女の動きに合わせてトンネル内部を映していく。

ところどころから染み出す水と、どこからともなく響く水音が不気味さに拍車を掛けた。

足下はアスファルトのようだが、補修されていないせいでデコボコしている。

徐々に奥へ進む明菜の後を追った。

ふと背後が気になった。カメラごと向いたが、何もない。悪寒は消えない。

少し目を離した隙に、明菜はひとりで先へと進んでいた。

慌てて追いかけていくと、トンネルの出口になる。

木々と草の間を道らしきものが延びており、そこを辿《たど》っていく。

「あ」

明菜が声を上げた。

倒れた看板がある。木の杭《くい》に貼り付けられたトタン製のようだ。

色褪せた赤地に白い文字が入っている。

〈コノ先、日本國憲法、通用セズ〉

文字使いから古い物だと見て取れる。

「これ！　本当だったんだ！」

二人の間で緊張が走った。書かれた文言からすれば、日本国の法治が届かない村が存在する、という噂は真実となる。

しかし、そんなことが本当にあり得るのか。いや、今は考えるべきときではない。更に先に進むと、道がくだっていく。路面は穴だらけで荒れており、足下が危ない。注意して進むが、明菜ははしゃぐように駆け下りていく。

どれくらい進んだ頃だろうか。

暗闇の中に突然浮かび上がるように、朽ち果てかけた村落が姿を現した。

全て木造住宅だが、二階建てもある。それなりの人数が住んでいたようだ。

「ここはインパクトが欲しいから、私のアップからパンして、後ろの廃墟を映して！」

指示通り、明菜の顔に寄る。

「待って。これ、脱ぐ」

明菜がダウンジャケットを脱いで、腰に巻く。

中は黄色のシャツで肩口から胸元がシースルーになっており、下のタンクトップの肩紐《かたひも》が見えている。ボトムはホットパンツで、下にタトゥータイツ。

「こういう格好、好きなファンもいるから」

冷気に震えながら、明菜が強がる。意外と真面目で努力家なのだ。

改めて、撮影を再開する。

「見てください……これが正真正銘、実在した犬鳴村です！」

アップからカメラを左に振り、建物にフォーカスする。やはり不気味だ。

続いて、様々な場所を撮っていく。

明菜が何度か建物の扉をノックした。当然、答えはない。当たり前だが、廃墟と化した村はそれだけで気味が悪い。

ひとつひとつオーバーに驚いてみせる彼女を撮りながら、早く帰りたい気分になる。

どれくらい経《た》った後か。明菜がトイレに行きたいと言い出した。薄着で冷えたせいだ。

適当な場所で、と答えると、拒否された。

覗くなと軽口を叩きながら、ある一軒の家の中へ明菜が入っていった。

見送ったはいいが、何とはなしに手持ち無沙汰だ。

明菜の入った家屋から少し外れた場所に、二本の朽ち果てた柱が向かい合って立っている。その間から真っ直ぐ斜面を登った先に、少しばかり目を惹《ひ》かれる廃屋があった。

どうせならインサート用に、とカメラを片手に登っていく。

隙間だらけの扉を開くと、ムッとした悪臭が流れ出る。

清掃の行き届いていない家畜小屋のような糞尿臭《ふんにょうしゅう》に、雨に濡《ぬ》れた野良犬のような臭い、錆《さび》のような鉄臭さが混じり合っていた。

鼻を押さえながら入り、まず目に付いたのは、木製の檻らしきものだった。

錆びた鎖が巻き付き、更に雰囲気を出している。

ふと他の場所へカメラを向ければ、そこには鉄の輪が付いた鎖が放置されていた。

大きさから言えば、人の手足に嵌《は》めて自由を奪うのが目的だろうか。

一体、この家の中で何が行われていたのか。

ぐるりと上にカメラを向ければ、そこは中二階になっている。梯子《はしご》や階段らしきものの残骸があるが、ほとんど朽ちており、使用不能だ。

もう一度、部屋全体をチェックした。

足下に割れた鏡が落ちている。表面に〈筑紫電力《ちくし》〉と書かれていた。

筑紫電力と言えばここ一帯の電力供給をまかなう電力会社である。

どうも何かの記念で作られた物のようだ。

謎の村、檻、鎖、鉄の輪という異様なシチュエーションの中、この鏡だけが現実の世界のものに見えた。

喉がひりひりする。乾燥した空気のせいか。それとも、緊張のせいか。
大きく息を吐くのと同時に、絹を引き裂くような悲鳴が聞こえてきた。
明菜の声だ。
外へ飛び出すと、眼下に彼女が後ろを気にしながら走って行く姿があった。
野生動物か何かに追いかけられているのだろうか。
いや、そんなものはどこにもいない。
後を追いながら名を呼ぶが、相手は全く気付いていない様子だ。
叫びながら一直線にトンネルの方へ向かって行く。
やっとのことで追いつき、腕を摑《つか》んで引き留める。
明菜は半狂乱で叫び続けている。ふと見ると、身体には血の滲《にじ》んだ無数の傷があった。
力を込めて身体を揺らしながら名を呼ぶと、明菜はふいに我に返った。
だが、すぐに再び泣き叫び始める。何かに襲われたことだけは確かだった。
どちらにせよ、撮影はもう終わりだ。
彼女を抱き抱え、必死の思いで車に戻った。

自宅の離れへ辿り着いたのは夜が明ける前。
部屋で傷の手当てをするが、明菜の様子がおかしい。

普通に会話できることもあれば、ボンヤリして一言も発さないこともある。

日が昇る少し前だったか、アイツはこんなことを話した。

「トイレを済ませて、身支度を終えたとき、後ろから犬の唸《うな》り声のようなものが聞こえた。それから沢山の腕が伸びてきて、襲われた」

その腕が生きている人間たちのものなのか、それとも違うのかははっきりしない。

ただ、現実に自分に害を成したのだと彼女は訴えた。

宥《なだ》めながらその身体を抱くと、小刻みに震えている。

大丈夫だ、もう家に戻ったぞと言葉を掛けると、明菜は笑い出した。

「大丈夫だよ。明菜も大丈夫。うん」

その笑顔はどこか作り物めいて見えた。

「寝ろ。いいから」

俺の言葉にアイツは素直に従い、ベッドに入った。すぐに寝息が立ち始める。

ホッとしたものの、寝られなかった。いろいろな事が頭の中でグルグル回っていたからもあるが、言いようのない不安の方が強かったからだ。

そして、その日の昼間、アイツの行方が分からなくなった。

直前に離れから出て行く姿を弟の康太が目撃したらしい。

二階の自室から外を見下ろすと、明菜は寝巻の格好のまま、小便を垂れ流しながら歩いていたようだ。

俺は実家に帰ってきていた妹——精神科医の卵で、変なものが見えるヤツだから、おかしくなった明菜のことを診てもらおうと呼び戻していた——と康太の三人で行方を捜した。

しかしどこにもいない。

家から十分ほどの高圧送電線の鉄塔まで来たとき、スマートフォンに着信があった。

明菜からだ。アイツも携帯を持って出ていたようだ。

「もしもし⁉　明菜！　お前、どこいんだよ？」

ややあって声が聞こえる。

『……悠真？　もうすぐだから』

「は？」

『もうすぐ、いくから……』

「行く？　行くって、お前、どこにいんだよ⁉」

『もうすぐ、もうすぐ、もうすぐ、もうすぐ』

「おい！」

『もうすぐ……』

その瞬間、日差しが翳《かげ》ったような気がした。

視線を上げたとき、真っ逆さまに落ちてきた明菜と目が合った。

笑っていた。

そして、彼女の声がスマートフォン越しに、耳に届いた。

――ほぅら。

硬くて重いものが高速で衝突したような轟音《ごうおん》が響き渡る。

足下には、明菜の身体があった。

くすんだ薄桃色をしたポップコーンのような欠片《かけら》を頭蓋《ずがい》から撒《ま》き散らしている。

次第に広がる赤い水溜《みずた》まりの中で、カッと目を見開いていた。

ついで口が開き、透明な液体が吐き出された。

俺はただ呆然《ぼうぜん》と立ち尽くす他なかった。


実は、撮影から逃げ帰った日、明菜が眠っている間に撮影素材を見直した。

あの日の出来事に関して、否定する材料が欲しかったことと、彼女を襲った何かが映っていないかと考えたからだ。

序盤、トンネル内で幾つかおかしなものが映っていた。

カメラを下げたとき、地面近くにあった二本の足。

自分や明菜のものではなかった。

更に、背後を振り返ったときだ。項垂《うなだ》れたままぼんやりと佇《たたず》む、小さくて白い女性らしき姿も映り込んでいた。

どちらも現地では目にしていない。

結局、あそこには何かがあるのだ、という噂のつけたしにしかならなかったように思う。

そして、その後、明菜が――。


（全ての始まりは、あの村へ行ったせいだ）

アイツが、明菜があんなことになったのも、落下死が溺死になったのも、あそこの――あの村のせいに違いない。


思考を遮るように、車がゲートの前に止まる。

「よし、行くぞ」

俺は懐中電灯を手に、車を降りる。

ガソリンタンクなど重いものは他へ任せた。

俺の後ろに、ヒロ、リュウセイ、ユウジがついて来る。シンは車の番に残した。

山への入り口に設置された鉄のフェンスは半開きになっている。そこには〈立ち入り禁止〉の看板が貼り付けられていた。県警の名前入りだ。他には〈危険〉と書かれたものもある。どれもこの前と同じだ。

だが、そんなものに意味はない。俺はゲートの向こうに足を踏み入れた。

「おい！　早く来いよ」

後ろの三人に声を掛けるが、あまり気乗りしない様子で足が進んでいない。

ヘタレどもが、と内心悪態をついて、先へ進む。

まだ日は高いが、幾重にも茂った木々のせいか、辺りは薄暗い。とはいえ、灯《あか》りがないと何も見えないような夜の真っ暗闇とは違う。まだ大丈夫だ。

道は途中から緩い上り坂に変わる。これも前に来たときと同じ。もう少し進んだら、犬鳴トンネルが姿を現すはずだ。

後方の三人が何事か文句を言うのが耳に入った。

どうせ中心になっているのはヒロだ。超ムカつくとか、俺に霊感があるのは嘘だ、とかそんな会話だろう。他の二人がそれに乗っかっているに違いない。

確かに俺に霊感はない。あるのは——。

「オイ、嘘だろ！」

思わず俺は喚《わめ》いた。

目の前に現れたトンネルの入り口が塞がっていたからだ。

山と積まれた巨大なコンクリートブロックの表面は苔《こけ》むし、スプレーだろうか、大量の落書きがされている。昨日今日置かれたものではないことは一目瞭然だった。

近づいてブロックに触れる。しっかりした感触がある。目の錯覚などではない。

「おい……何だよ、これ。前に明菜と来たときにはなかったぞ！」

「悠真さん……悠真さん！　もうカンベンして下さいよ！」

リュウセイが叫ぶ。

ヒロは持ってきたタンクを下におろし、不平をぶちまけた。

「こんなとこで、どうしろっていうんスか！」

歩み寄ってきたユウジが俺の肩を摑みながら訴える。

「もう帰りましょうよ！」

ヒロやリュウセイも、ヤバイだの何だのと口にしては、帰ろうと促してくる。

鬱陶しい。コイツら、邪魔ばかりだ。

「うるせぇな！」

ユウジの手を振り解《ほど》き、叫ぶ。

近寄ってきたヒロが俺の肩を小突いて、叫んだ。

「もう、明菜、いないんスよ！」

今、一番聞きたくない言葉だ。俺はヒロの胸ぐらを摑む。

「お前、フザケんなよ！」

怒鳴りながら、力一杯突き倒す。ヒロが地面に転がる。

「……すいません」

不満げな顔でヒロが謝った。本気じゃねぇ、コイツの謝り方。筋が通らねぇだろ。舐《な》めてんのか？　頭に血が上っていく。

「……意味、分かんねぇんだよ。俺だって、意味、分かんねぇんだよ‼」

トンネルのブロックを見上げる。

ブロックは途中までしか積まれていない。上になだらかなアーチ状の隙間がある。

あそこからトンネル内部へ進入出来そうだ。

俺はブロックの隙間を手がかりにして、登り始めた。

「悠真君」

ヒロの声が背中越しに聞こえたが、振り返らない。

ブロックの上に辿り着く。立ち上がっても頭をぶつけない。大人の背丈程度の隙間があった。

内部に向けて、外の光がトンネル形に差し込んでいる。

その光の真ん中に、俺の影が差していた。

進もう。ゆっくりと足下を確かめながら、トンネル内部へ這入《はい》る。

やはり、空気はどろりと澱んでいた。どこからともなく水音が聞こえる。あの日も、同じ音が聞こえていたことを思い出す。
俺は持っていた懐中電灯を点《つ》けた――。

第十章　本心　――ヒロ

なんだよッ……全く。

ブロックを乗り越えトンネルへ入っていく悠真の背中を見詰めながら、ヒロは心の中で悪態をついていた。

（ッザケんなよ。人のこと、ドツキやがって。あの野郎）

悠真がこの辺り一帯を仕切る大地主の息子でなければ、絶対に従っていない。

（くそボンボンのヒキニートが。だからテメェの女も自殺すんだよッ！　泣くくらいなら、もうちょっと、真っ当に生きろや。カスがッ）

面と向かって口に出来ないような言葉も、奴に聞こえなければ問題はない。

（中坊んときから、俺をこき使いやがって。糞《くそ》が）

そう言えば、その頃だったか。悠真が〈俺には霊能力がある〉なんてふざけたことを話していたこともあった。が、一ミリも信じていない。

（何だよ、霊能力ってヨォ！　……ここに来たのだって、訳分かんねぇ、ツクリの怪談話じゃねぇか。何が犬鳴村へ行って、明菜が襲われた、だ？　ああ、馬鹿らしい）

ヒロは深い溜《た》め息を吐いた。

ハッキリ言って、全て世迷《よま》い言《ごと》、阿呆《あほ》話の類《たぐい》でしかない。

そんなくだらないことで悠真はこのトンネルに皆を引き連れてやって来た。

「全ての始まりは、あの村へ行ったせいだ。あそこはヤバイ。アイツが、明菜があんなことになったのも、落下死が溺死になったのも、あの村のせいだ。だから俺は行くんだ。何かで死んだって、構わない」と悠真が言うが、それこそ思い込みとしか思えない。

再びため息が出る。

(死ぬとかさァ、ハタ迷惑なんだよ、森田の坊ちゃんさァ。テメエの勝手じゃねぇか、全部。巻き込まれる方の気持ちくらい、考えろッてんだ)

見上げる先のトンネルは苔と落書きで汚れきっている。

早くアイツが出てこないと、帰れないじゃないか、とヒロは後ろを振り返った。

他の後輩連中も、うんざりした顔でトンネルを見詰めていた。

「おい、もういいよ。帰ろうぜ。放置、上等だよ」

ヒロの言葉に全員が賛同し、さっさと帰り支度を始める。

ふン。それ見たことか。悠真、オメェにゃ、皆、もう飽き飽きなんだよ。

後輩たちに前を歩かせ、ヒロは道を引き返し始めた。

第十一章　秘密　——奏

私はカウンセリングルームの前で、小さくため息を吐いた。

なんだか、目の奥がじんわりと傷《いた》む。

首筋から背中に掛けて、鈍痛が広がっていた。

ここ最近続けて起こったことが影響しているのだろうか。明菜の異変、死、葬儀、火葬場での出来事……全てを消化するには短い時間しか経《た》っていない。心が疲弊している。心は身体の主である。精神の状態は、如実に肉体へと表れるものだ。

見詰める先、患者で賑《にぎ》わう待合スペースで、遼太郎とその母、優子が一緒にいる。

「遼ちゃん」

呼ぶ母の声に、遼太郎が振り返って答える。

「ひみつきち、いってくる」

両手に、待合スペースの備品のボールとワニのぬいぐるみを持っている。

「え？　遼ちゃん、こっちで遊ぼう」

何も知らずに眺めていれば、母子の微笑ましいやり取りだ。

私は再びため息を吐く。

「森田先生」

振り返ると、内田先生が立っていた。

「ちょっといいかな？」

カウンセリングルームに促される。先を行く彼を追いかける途中、身体の右側に例の厭《いや》な感触が貼り付いた。

薄暗い廊下の奥に、あの女がいるのが分かる。

長い黒髪の、あの、この世には存在しない女が、何をするでもなく佇《たたず》んでいる。

瞬きするような一瞬のことだったが、もう、そちらを向くことは出来ない。

「……どうしたの？」

カウンセリングルームに入るドア近くに立つ、内田先生の声に我に返る。

「いえ……」

気を取り直し、右側から目を逸《そ》らしながら、部屋に入った。

椅子にひとりの男性が座っている。

三十代くらいか。清潔感があり、落ち着いた印象だ。

私が軽く頭を下げると、相手も会釈を返してくる。初めて会う人物だった。

内田先生が少し気まずそうな様子で、紹介をする。

「こちら、遼太郎君のお父さんの圭祐《けいすけ》さん……とは言っても、まぁ……」

「いや、構いませんよ」

圭祐が薄く微笑む。

「遼太郎は、私たちの本当の子じゃ、ないんです」

「え」

予期せぬ言葉に、私は思わず声を漏らした。

「あの子にも話してません。と言うか、妻も知らないんです」

「どういうことですか？」

気を取り直して訊《たず》ねると、内田先生が口を開いた。

「五年前、優子さんは死産した──圭祐さんは、それを本人に隠したまま、養子縁組を組んだんだ」

想定外の内容に驚きを禁じ得ない。

「内田先生のご紹介で、お願いしたんです」

圭祐が内田先生に視線を向ける。

「ちょうど同じときに、院内で出産後に亡くなった女性がいてね。彼女はシングルマザーで頼れる身内もいなかった……。遼太郎君は、その女性が産んだ子なんだ」

そんなこと、倫理的に許されるのだろうか。優子の立場で考えれば、他人の子を我が子と疑わず育てているのだ。

ふと、さっき見た光景が蘇《よみがえ》る。優子と遼太郎は普通の母子にしか見えなかった。

この二人が秘密を守っているおかげで、一家は幸福な生活を送っているのだと理解はしても、やはり引っかかる。

「あの……このことは妻には内密に」

こちらの反応に不安になったのか、圭祐が念押しをしてくる。

「あ。はい……」

そうか。遼太郎の本当の母親はもうすでに亡くなって——その瞬間、頭の中にフラッシュバックが起こる。

——ないしょなの。

——ママ、かなしくなっちゃうから。

——あっちの、ママ。

遼太郎の言葉と共に、あの日見た光景が蘇る。

エレベーターの前で肩越しに見えた女。

鏡に映った、この世のものではない、女。

そして、先程廊下で感じたものは――。

「じゃあ……」

確かめずにはいられなかった。カウンセリングルームを飛び出す。

「どうした？」

内田先生の声も無視して、廊下の奥を覗《のぞ》き込んだ。

誰もいない。そこには気配すら残っていなかった。

振り返ると、優子と遼太郎が待合スペースで遊んでいる。

いても立ってもいられず、私は二人の元へと向かった。何でもいい、ただ、話をしたかったのだ。

遼太郎がこちらへボールを放った。

コロコロと足下に転がってくるゴムボールをそっと拾い上げる。

「遼ちゃん！　だから投げちゃ駄目って言ったでしょ？　すみません、先生」

「いえ」

問題はないと意思表示しながら、遼太郎へボールを返す。

無言で受け取る彼に、優子がお礼を促す。

「ほら、こういうとき、何て言うんだっけ？」

「ありがとう」

しかし、言葉とは裏腹に、遼太郎は私の後ろを窺っている。
ああ、そうか。彼の視線の先には——。
呼吸を整えてから、彼の目線に合わせてしゃがむ。背後に意識を留めながら。
「あのね、遼太郎君——」
一瞬、息が止まりそうになる。
遼太郎の後ろに、大人の女性の足があった。
裸足で、血の気の引いた、汚れた二本の足が。
不意を突かれた。目が離せない。呼吸が浅くなるのが自分でも分かる。
「先生、どうかしました？　森田先生？」
優子の声が遠く聞こえる。それより、自分の呼吸音と心音が大きい。煩《うるさ》い。
遼太郎が無邪気に囁《ささや》く。
「せんせぇ、ママ、こわく、ないよ？」
そうだよね？　と同意を求めるように、彼は視線を上方へと移す。
釣られて、私もゆっくり顔を上げる。
視線の先には、汚れた足。スカート。ブラウス。カーディガン。
そして——長い黒髪の、血の気の引いた、女の顔。
表情からは何を考えているのか、読み取ることは出来ない。

その虚《うつ》ろな瞳は、じっと私の目を捉えている。

「やめて！」

女の視線を振り払うように、私は叫びながら立ち上がった。

ハッと我に返る。辺りは水を打ったように静まり返っていた。

遼太郎も、優子も、圭祐も、内田先生も、他の患者も、じっと私を見詰めている。

「ごめんなさい」

ただ、謝るほかなかった。

あの女は、いつしか姿を消していた。

第十二章　尾行　――康太

うふふふ、さっきは面白かったなぁ。

俺が車に乗ってるって知らないから、兄ちゃんの友達、ビックリしてたもんな。

ビックリしすぎて車、フェンスにぶつけて怪我《けが》してたけど、まあ大丈夫だよね。


康太は悠真の後を追って、トンネルへの坂を駆け上がっていた。

母親に買って貰《もら》った愛用のバッグを肩に掛け、軽快に足を運ぶ。バッグの中身は兄、悠真のビデオカメラと懐中電灯などが入っていた。

今から犬鳴トンネルに行くという悠真に連れて行ってくれと頼んだが、断られてしまった。だから、出発直前にそっと後部トランクに身を潜ませたのだ。

皆の帰りを待っているシンが車から降りようとしたとき、ルームミラーに康太の手が映ったらしい。車内には自分ひとりだと思い込んでいるシンは状況も相まってパニックに陥り、フェンスに衝突した。

その隙を利用し、康太は車外へ飛び出したのだ。

（しっかし、すごいところだなぁ）

さすが犬鳴トンネルだと感心しながら、先へ進む。そのとき、前方から複数の足音が聞こえてきた。悠真たちだろうか。素早く近くの倒木の陰に身を隠す。

「……ったく、何なんだよ」

大柄で坊主頭の青年が毒づいている。悠真の友達だ。

「昨日、泣いていましたね。悠真さん。っていうか、死ぬって何なんですかね？」

痩せた青年がぽつりと漏らした。

「お前、やめろよッ！」

坊主頭が強い口調で窘《たしな》める。会話中の二人の後ろに、小柄な青年がもうひとりいた。三人とも悠真の友達で、一緒に車に乗ってきた人たちだ。

悠真本人の姿はない。

だとすれば、まだ兄はトンネルにいるのだ。

康太はしめた、と思った。このまま彼らをやり過ごした後、悠真のところへ行こう。そうしたら犬鳴トンネルも見られるし、兄と一緒に帰ることも出来る。

通り過ぎる悠真の友達が木々に隠れるのを待ち、康太は再び坂を登り始めた。

そう言えば、姉ちゃんに「兄ちゃんが危ないことをしようとしたら、止めてね」と言われてたなぁということを思い出しながら。

でも、今はそんなことに構っていられない。犬鳴村の呪いは気になるけど、トンネルに行けるのだから。

息せき切って登り切った先、重なる木々を抜けた辺りで、突然それは現れた。

「すっげぇ、これが……。本物じゃん！」

古びたトンネルの入り口は巨大なブロックで塞がれている。苔《こけ》と落書きだらけで、異様な迫力だ。

取り出したカメラを起動しようとしたとき、中から知っている声が聞こえてきた。

反響している大声は、怒り狂う兄のものだとすぐ理解出来た。

よく見れば、上の隙間から覗《のぞ》く暗がりにチラチラと動く光がある。

兄は中にいるのだ。

ブロックを登ろうとしたが、カメラが邪魔になる。

康太はブロックの隙間に出来た段差へカメラを置き、器用に登りだした。

辿《たど》り着いたトンネル上部に出来たスペースは、自分の背丈以上の高さがある。

立ち上がり、内部を透かし見た。

兄の声が響き渡っている。暗がりの中で動くものがいた。

「兄ちゃーん！」

大声で呼ぶが、全くこちらに気がつかない。

バッグから懐中電灯を取り出し、中を照らした。

兄がいる。だが、その向こうに一瞬だけ、ちらりと女性の姿が浮かび上がった――ように見えた。それも、明菜によく似ていたように思う。

でも、明菜はもういない。見間違えだ。

康太は、灯《あか》りを悠真に向け、再び兄を呼んだ。

第十三章　包囲　――悠真

俺はトンネルの中で暴れ続けていた。行き場のない怒りをぶつけるように。

「おいッ！　俺のこともやってみろよッ！　殺せッ！　殺してみろッ！」

明菜を奪った元凶は、このトンネルと、この先にあるはずの幻の村にある。

そうとしか思えない。いや、きっとそうだ。

大声で怒鳴りながら、何者かが現れるのを待つ。

そのとき、入り口を塞ぐブロックの上で何かが光った。

逆光の中で目を凝らすと、灯《あか》りが動いている。懐中電灯だろうか。

「……にーい、ちゃーん！」

弟の声がトンネル内で反響した。はっとして、入り口の方へライトを向ける。

ブロックの上に、弟が立っていた。

「康太⁉　お前、なんでここにいんだよ！」

叫んだ瞬間、トンネル内の空気が一変した。

水音はやみ、虫の音すら聞こえなくなる。静かすぎるせいか、周囲から見えない何かに押し潰されるされるような感覚に陥った。

一体、これはなんだ。周囲の気配を窺《うかが》う。しかし何もない。

異様な空気を感じたのか、康太もキョロキョロと落ち着かない様子で周りを見回している。

今、弟がここへ降りてくるのは得策ではない。再びライトを向ける。

「康太！　こっち来るな！　そこで待ってろ！」

叫んだ瞬間、何かが背中に触れたような気がした。

人の体温に近い暖かいものが、毛の流れに逆らうように下から上へ昇っていく。

同時に、知っている人間の気配を感じた。

――明菜。

後ろを振り返っても、何もない。

気のせいだったのか。元々、俺は何も見えない、霊感などない人間だ。

もたもたしていると、弟がここまで降りてしまう。アイツは誰に似たのか、無鉄砲なところがあるのだ。急いでブロックの下へ急いだ。

「康太！　そっから降りてくんなよ！」

「兄ちゃん！」

少し不安げな声だ。安心させるため、もう一度声を掛ける。

「今行くから……ちょっと、下、照らしてくれ」

悠真はブロックの隙間に足を掛ける。足元を確認しようと下を向いたときだった。

康太の叫び声と共に、頭上から懐中電灯が落ちてくる。

かろうじて避けることが出来た。

「危ねッ！　おい、馬鹿！　お前、何やってんだよ！」

どこからか弟の呻《うめ》き声が聞こえる。転がった懐中電灯を見れば、そこに向けて、暗がりから小さな手が伸びてきた。康太も降りてきたのか。いや、落ちたのかも知れない。

「おい……大丈夫か？　康太」

電灯を摑《つか》んだ手を引っ張る。

やけに柔らかくて湿っていた。力が入っていないのか、手首がぐにゃりと曲がり、先が向こう側を向いた。

丸い光の中に見知らぬ女の顔が浮かんでいる。

体がやけに小さい。小学生の康太と同じくらいだ。なのに、顔は大人だ。

女は声にならないような叫びを上げながら、摑み掛かってくる。

下半身から力が抜けた。足が萎《な》えたようになり、尻餅《しりもち》をつく。

後退《あとずさ》ってもなお、女は距離を詰めてくる。

「こ、こ、康太！」

康太はどこだ。まだ上か。それとも。

「康太、来るな……来るな！」

「兄ちゃん……」

背後から弟の声が聞こえる。

振り向けば、そこに弟はいた。だが、その後ろには沢山の人影が立っている。

古めかしい格好をした老若男女がずらりと並び、こちらを睨《ね》め付けている。

重なる呻き声をバックに、どこからともなくわらべ歌が聞こえていた。

くさかろ　わるかろ　こめこもできなきゃ
ふたしちゃろ　ふたしちゃろ
わんこが　ねえやに　ふたしちゃろ
あかごは　みずに　ながしちゃろ
さむかろ　あつかろ　いねもできなきゃ
ふたしちゃろ　ふたしちゃろ
わんこが　ねぇやに　ふたしちゃろ
あかごは　みずに　ながしちゃろ
いたかろ　こわかろ　はなもさかなきゃ

ふたしちゃろ　ふたしちゃろ
わんこが　ねぇやに　ふたしちゃろ
あかごは　みずに　ながしちゃろ

聞き覚えがある。そうだ。俺はこの歌を知っている。
彼女が、犬鳴村から帰った後の明菜が歌っていたものだ。
息を呑《の》みながら、弟をかばうように引き寄せる。
気がつくと、奴らに周りを取り囲まれていた。
コイツらは、ここに実在するのか。それとも、そうではないのか。
現実と幻の合間に存在するような影のようにも見える。
嘘であってほしい。見間違えであってほしい。
叫び、震える弟を奪われないように、腕に力を入れる。
だが、奴らは前後左右から一気に重なり合い、俺たちを呑み込んで——。

第十四章　溺没《できぼつ》　──奏

「奏、貴女《あなた》も探して」

母が私に縋《すが》り付く。

私は目の前に聳《そび》えるトンネルを見上げた。

まだ残る朝靄《あさもや》の中、巨大なブロックで出入り口が封じられた姿は異様な雰囲気がある。

そう──犬鳴トンネルに私はいる。

朝早く、母から連絡が入った。悠真と康太が昨日から帰らないのだ、と。

悠真だけならよくある話だが、康太も、となれば話は別だ。母が知り得る限りの悠真の友人に連絡を取ったことで分かったのは、「悠真が再び犬鳴トンネルへ行った」ということしかない。悠真と康太が一緒に行動しているのではないかと思うのだが、友人たちは否定した。彼らは誰ひとりとして康太の姿を見ていない。

そのとき同行していた悠真の後輩四人が、わざわざ来てくれている。ヒロ、リュウセイ、ユウジ、シンと言うらしい。昨日うちへ来ていた覚えがある。他は、父と母、私、警察官が数名だけだ。

私はブロックへ近づいてみた。何か、落ち着かない。心がざわめく。

「どうして、こんなところに」

「悠真君、言ってました。トンネルの先に村があって、明菜ちゃんと行ったときにそこで、襲われたって」

ヒロと名乗った小柄な青年が話し掛けてくる。

すぐ横で聞いていた父が怒声を張り上げた。

「馬鹿なことを！　こんな古臭いトンネルの先に、何があるっていうんだ！」

ついで、今度は警察官に向かって、怒鳴りつける。

「それにしても、何故《なぜ》、全てを閉じてしまわないんだ！」

ブロックの上端にある隙間を顎で指す。

「それは、我々にも……」

警官のひとりが歯切れの悪い答えを返す。そのとき、母がトンネルに向かって走り出した。他の警官が追いかける。

「悠真の……悠真のカメラ！」

母が手にしているのは、家庭用ビデオカメラだった。

「ここに、ここにあったの！」

下から二段目のブロックの段差に置いてあったのだと、必死の表情で訴える。

皆が集まってくる。悠真の友人の誰かが「悠真さんのカメラだ」と呟《つぶや》いた。しかし当日は見ていないと顔を見合わせた。

ふと、康太が持ってきたのではないかという疑いが浮かぶ。

「やっぱり、康太が持ってきたのではないかという疑いが浮かぶ。」


そうでなければ、誰がここにカメラを放置するというのだ。

「それで、悠真さんは？」

警官が改めて後輩たちに訊《たず》ねる。ユウジという青年が困った顔で「入っていっちゃいました」と答えた。視線はトンネルの方を向いている。

「僕ら、必死に止めたんですけど。言うこと聞かなくて。な？」

ヒロが友人たちに同意を求める。個人的な見解だが、このヒロという男は、自分の立場を有利にする発言を優先するタイプの人間に見えた。

どちらにせよ、トンネル内部に兄が入ったことは確かのようだ。

「この中、探してください！」

警官たちに頼むと、母がおもむろにブロックへよじ登ろうとした。

気づいた父と私、警官が止めに入る。

「綾乃！　綾乃！　やめろ！」

「お母さん！」

「康太ぁ！　悠真ぁ！」

抵抗する母に、私と父が跳ね飛ばされた。異様な力だった。

再び父と警官が母にしがみつく。横から別の警官が加勢に加わったが、母に頭を引っ掻《か》かれた。次に近づいてきた警官が蹴り飛ばされ、尻餅《じりもち》をつく。

警官の腕を母が振り解《ほど》いた。代わりに父が必死に喰《く》らいつく。

「やめろ！　やめろ、綾乃！　やめろやめろ！　やめろ……」

父の腕の中で彼女は暴れるのを止めない。ついにはその左腕に噛《か》み付いた。

「あぁぁああ！」

父が叫ぶ。どれほどの力で噛んでいるのか。必死に母を引き離す。

次の瞬間、私はぎょっとした。父のワイシャツの左腕、上腕部分が真っ赤に染まっている。母は荒い息を吐きながら、じっと父を睨《にら》み付けていた。その口は血塗《ちまみ》れだ。

信じられない。あの、気弱な人がこんなことをしでかすなんて。

呆然《ぼうぜん》と立ち尽くしていると、急に母の身体から力が抜けた。

「……あな、た？」

父の姿を凝視したかと思った次には、我に返ったかのように父へ駆け寄り、傷口に触れた。

「触るな……触るなッ！」

父は母を拒絶し、突き飛ばした。危うく転倒する寸前、私はその身体を支えた。

「お母さん……」

母はそっと口の周りに付いた血を手で拭う。手首を曲げたその動きは、どこか獣の前足を思わせる。まるで猫——いや、犬のような。

啞然とした父と私は、固まったようにその場から動けなかった。

(何、これ。お母さんに何が……)

異様な静けさの中、突如、あの心地悪さがおそってくる。生温く湿ったような、感触。

トンネルのブロックの上に、男が佇《たたず》んでいる——そんなイメージが頭に浮かぶ。

その姿は、康太の部屋で見たものに似ていた。

視線を上げ、トンネルへ向ける。

誰もいない。ただ黒い隙間がポッカリ口を開けているだけだ。

「あの、この中は危険なので、捜索は我々警察にお任せください」

警官に促されて、皆がその場を離れていく。

私はもう一度、トンネルの上、ブロックの隙間を見た。

実家を出たのはすでに日が落ちた頃だ。

ハンドルを握りながら、さっきまでのことを思い出す。

（お母さん。大丈夫かな……）

あんな騒ぎがあったせいか、父は母に近寄ろうともしない。だから私が母を家に連れて帰り、落ち着くまで傍《そば》にいた。母はずっと泣いていた。父が傷を診《み》てもらうと、ひとりで出て行ったが、うちの病院ではなかったようだ。日が暮れる前には戻ってきたが、母には一切近づかなかった。当然と言えば当然だが、文句のひとつも言いたくなる。私が口を開くと、父は「黙れ」と命令し、自室へ籠《こ》もった。せめて、母のことだけはお願い、とドア越しに頼んだが、返事はなかった。

（どうしたらよかったんだろう）

フロントウインドウ越しに、かすんだ月が空に浮かぶのが目に入る。

深いため息が漏れた——そのとき、スマートフォンがけたたましい音を立てた。

路肩に停車し、画面を見る。

〈筑豊大学医学部付属病院　小児科病棟〉と表示されていた。

病院に入るなり、急いで着替え、階段を駆け上がる。

小児病棟に辿《たど》り着くと、目の前を看護師が通り過ぎようとしていた。

「あ！　ねぇ、遼太郎君は？」

「さっきパニック発作を起こして、救急車でここに……もう落ち着いて、病室で寝ていますよ。サンマルゴーです」

「そう……」

ほっと胸を撫《な》で下ろす。病院から遼太郎が緊急搬送されたと連絡を貰《もら》い、急いで戻ってきた。パニック発作そのものに命の危険はないが、幼い遼太郎にとっては地獄の苦しみになる。

「今は、ご両親が……」

「分かった。じゃ、私、代わるね」

頭を下げた看護師たちが、別の業務へ戻っていく。

(ともかく、よかった)

安堵《あんど》の息を吐いているところへ、医師と看護師の集団が慌ただしく横切っていく。

その中に内田先生の姿を見つけた。

「内田先生?」

「あ。森田先生」

何か言おうとする先生をひとりの看護師が遮る。

「たった今、山野辺先生が危篤状態で運び込まれて」

「え? なんで?」

今度は内田先生が答える。

「いや、まだ状況がよく分からなくて」

急に倒れたのだろうか。明菜の葬儀では元気だったが。

私の表情から考えていることを読み取ったのか、看護師のひとりが教えてくれた。

「それが……溺れたらしいですよ」

「どこで？」

後を継ぐように他の看護師が答える。

「ご自宅で」

「え⁉」

思考が停止する。何故、自宅で溺れたのだ？

不意に明菜の描いた絵を思い出す。あの、黒く渦巻いた――。

「早く！」

エレベーターに乗り込んだ看護師たちの声で我に返る。

内田先生が籠《かご》の中へ駆け込んで、私に言う。

「状況が分かったら、教えるから！」

同時に扉が閉まった。急に静けさを取り戻した病棟に取り残される。

夜勤で残っていた医師のほとんどがいたような気がする。精神科の内田先生も呼ばれる
とは、どんな事態なのだろうか。

（あ。遼太郎君のところへ行かなきゃ！）

今は自分の仕事を優先せねばならない。

私は彼が寝かされているサンマルゴ――三〇五号の病室を目指した。

中に入ると、圭祐と優子が心配そうに我が子を見詰めている。

「後は私が見ますので。ご心配でしょうが、今日はお引き取り下さい」

二人は不安の色を顔に残しながらも、会釈をして病室を出て行った。

（……遼太郎君）

ベッド脇の椅子に座り、様子を窺《うかが》う。

特段、問題があるようには見えない。

直接自分の目で確認したことで、ようやく安心できた。

山野辺のことも気になるが、今の私にはどうしようもない。

それより、遼太郎だ。彼は私が初めて担当した患者である。例え、経験を積むためにと代理で任されたと言えど、やはり思い入れは強い。正直なところ、特別視している部分は自分でも認める。仕方がない。私も人間なのだ。

（でも、本当によかった）

ほっとしたせいか、少し疲れが来る。目を閉じた。ほんの少し、目を休ませるだけのつもりだった。

だが、そのまま私は一気に眠りの世界に、落ちた。


——真っ黒な世界から、浮き上がるような感覚。

自然に瞼《まぶた》が開いた。病室の風景が目の前にある。

(あれ……私、今、何を)

確か、遼太郎の病室、三〇五号室へ来て、両親から付き添いを引き継いだ。後は私が見ますので。ご心配でしょうが、今日はお引き取り下さいと圭祐と優子に話して……。

(しまった！　寝ちゃったんだ！)

ここ数日の出来事で、疲れと睡眠不足が重なっていた。だから寝落ちしてしまったのだ。

ベッドに目をやったとたん、血の気が引いた。

遼太郎の姿がない。

どこへ行ったのか。私は慌てて立ち上がり、廊下に飛び出した。

消灯時間を過ぎているため、僅《わず》かな照明しか点《つ》いていない。廊下全体が蒼《あお》く染まっているのは、非常灯と、窓越しに射し込む月の光のせいか。

(遼太郎君、どこ？)

小児病棟にはいない。ならば、と上階への階段を上がる。

一番上の階まで上がったとき、ある病室の前に小さな黒い影を見つけた。

（いた）

遼太郎がひとり佇んでいる。

小走りに近づくと、こちらに気がついたのか彼が振り向いた。

「遼太郎君。どうしたの？」

「おじいちゃんがね、よんでる」

「お爺《じい》ちゃん？」

「しらないひと」

一体誰だ？　そっと病室入り口のネームプレートを確認しようとしたとき、中から聞き覚えのあるメロディーが流れ出てきた。

くさかろ　わるかろ　こめこもできなきゃ
ふたしちゃろ　ふたしちゃろ
わんこが　ねえやに　ふたしちゃろ
あかごは　みずに　ながしちゃろ
さむかろ　あつかろ　いねもできなきゃ
ふたしちゃろ　ふたしちゃろ
わんこが　ねぇやに　ふたしちゃろ

あかごは　みずに　ながしちゃろ
いたかろ　こわかろ　はなもさかなきゃ
ふたしちゃろ　ふたしちゃろ
わんこが　ねぇやに　ふたしちゃろ
あかごは　みずに　ながしちゃろ

「この歌……!?」
知っている。明菜が絵を描きながら歌っていた、あれだ。
ドアに嵌《は》め込まれた曇りガラス越しに中を確かめる。
(何、あれ)
産毛が逆立つ。
病室内に沢山の人影が揺らめいている。
水底で揺れる水草のような動きだ。
開けていいのか。開けて、中にいるものを目にしていいのか。
決心が付かず、躊躇《まよ》ったが――。
私はゆっくりと慎重に扉を開いた。
中にはベッドがひとつ置いてある。

そこに眠っているのは山野辺だった。どっと力が抜ける。

そう言えば、さっき倒れたと聞いたが、症状はそんなに悪くなかったのか。周囲には何の機材も置かれず、医療スタッフもひとりもいない。

穏やかな顔で眠る山野辺に近づいてみる。

ベッドサイドに立った瞬間、彼の手が私の手首を勢いよく摑《つか》んだ。

「山野辺先生⁉」

大きく見開かれた目が、私を捉えている。さっきまでとは打って変わった表情だ。

「……げろ」

山野辺が何言か囁《ささや》く。声が小さすぎて聞こえない。そっと口元に耳を近づける。

「……水が来る。逃げろ」

水が来る？　逃げろ？　彼は一体何を教えたいのか。

「……水が来る、逃げろ……水が来る、逃げろ……水が来る」

逃げろ、山野辺は呟《つぶや》くように何度も何度も繰り返す。

（あ）

私は不意に思い出す。

明菜が描いていた、あの絵のことを。

渦巻く黒い水の中で溺れる人々。犬の姿。

「水が来る……逃げろ」
山野辺の声に、あのわらべ歌が重なってくる。

くさかろ　わるかろ　こめこもできなきゃ
ふたしちゃろ　ふたしちゃろ
わんこが　ねえやに　ふたしちゃろ
あかごは　みずに　ながしちゃろ
さむかろ　あつかろ　いねもできなきゃ
ふたしちゃろ　ふたしちゃろ
わんこが　ねぇやに　ふたしちゃろ
あかごは　みずに　ながしちゃろ
いたかろ　こわかろ　はなもさかなきゃ
ふたしちゃろ　ふたしちゃろ
わんこが　ねぇやに　ふたしちゃろ
あかごは　みずに　ながしちゃろ

微妙に音程とリズムが違う人々の歌声が重なり、うねりを生じさせていた。気持ちが悪い。足下がぐらつく。平衡感覚を失わせるようなわらべ歌だった。

「……水が来る、逃げろ」

いつまでも続く山野辺の言葉と共に、澱《よど》んだ水の臭いが漂う。

ふと気づけば、何かが近づいてくる気配がする。顔を上げると、沢山の人影に取り囲まれていた。

性別も年齢も様々な群衆は、古めかしい衣服に身を包み、私の目の前で波のように揺らいでいる。

生きている人間ではないことは、十二分に理解できた。

逃げなくては。いつの間にか、遼太郎が傍らに立っている。

その小さな手を引き、私は病室を飛び出した。

「遼太郎君、こっち！」

彼も一生懸命走るが、少年の足では限界がある。後ろから沢山の足音が、私たちを追い立てるように聞こえてくる。

振り返れば、すぐそこに大勢の姿が迫ってきていた。さっき、山野辺の病室にいた連中だ。彼らが手を伸ばせば、私たちの身体に届くような距離だった。

（駄目だ。駄目だ、追いつかれる。もっと、もっと早く）

私は小さな手を強く引いた。遼太郎も必死についてくるものの、追っ手はすぐそこまで来ている。咄嗟《とっさ》に彼を抱き上げ、力の限り走った。

（そこ！）

廊下の途中で目に入ったドアに、飛び込んだ。病室のひとつだ。が、すぐに失策だと気がつく。

（逃げ場がない！）

入り口以外に出入り可能なドアはなく、窓から飛び降りることも不可能な階層だ。追って来た人の波に巻き込まれた。無数の手が摑み掛かってくる。私は遼太郎を両の腕で抱きしめ、必死にかばった。

（この子は、この子だけは、護《まも》らないといけない……！）

床に向け押し潰されるように、上から押さえ付けられた。身動きが出来ない。

私は絶叫し——そこで目が覚めた。

病室のベッドの上にいる。腕の中では遼太郎が私にしがみつくようにして眠っていた。

まだ夜は明けていないのか、外は暗い。

（……夢、だったの？）

全身から力が抜ける。よかった。あれは現実ではなかったんだ。

でも、どこから夢だったのだろう。ふっと我に返る。子供ではあるが、患者と一緒にベッドに入るなど、これまで経験はない。様子を見守るなら、通常、椅子に座ったままだ。

胸の所に仄かな遼太郎の体温を感じる。それは言葉にできない安心感を抱かせた。

（でも、これはよくない）

離れようとしたとき、視界の端で何かが動いた。

白い掛け布団の足下が膨らみ、打ち寄せる波のようにこちらへせり上がってくる。徐々に、徐々に何かが近づいてくる。

布団が勝手にめくれた。

真っ白で血の気のない、死人特有の顔をした山野辺が、そこにいた。

彼が絞り出すように口を開く。

――お前の、血が。

こちらは声も出ない。

――お前の血が！　……お前ら、犬殺しの血のせいだぁ！

山野辺の手が私の顔に向けて、ずるりと伸びて――。


ノックの音が聞こえた。

ハッと目が覚める。私は椅子に座っていた。ベッドの上には遼太郎が横たわっているが、目を覚ましている。

（三〇五号室だ）

何度も確かめる。今度はちゃんとした現実だ。安堵の息を吐く。外はまだ暗い。

時計は午前二時を回ったところだ。

またノックが聞こえた。返事を待たずに、看護師が入ってくる。

「失礼します」

硬い顔つきで彼女は告げた。

「森田先生、たった今……山野辺先生が息を引き取られました」


線香の臭いが立ちこめている。

筑豊大学医学部付属病院の薄暗い霊安室に、私はひとり佇んでいる。

安置された棺桶《かんおけ》に横たわるのは、山野辺だ。

死因は溺死と聞いたが、水死体特有の腐敗はない。綺麗《きれい》な死に顔だ。いや、それはそうだ。溺れてすぐ搬送されたのだから。

現実として、彼が倒れたのは自宅の畳の上であって、水中での腐敗などあり得ない。

納得いかないことばかりだが、もう考えることに疲れた。

腕時計を見る。日の出にはまだ遠い。

棺桶の頭の方に台が置かれ、二つの花瓶が飾られている。誰かが供えたのか、閉じられていない棺桶の中にも、花束が二つほど置かれていた。

花は百合や淡い色の花がまとめられた立派な物だ。

花と山野辺の顔を、ぼんやりと眺める。

〈では奏君。じゃ、また。困ったことがあったら何でも相談なさい〉

何でも相談、か。でも、死んじゃったら、何も聞けないじゃない。

「……何で？」

自然と口について出る。

「何で？　勝手に……」

勝手に足が前に進む。ゆっくりと、力なく。

「何で？　何で勝手に死んでんの！　何とか言ってよぉッ！」

棺桶の中にあった花束を掴み取り、物言わぬ山野辺の顔に叩き付けた。それでも彼は目を開けることも、文句を言うこともない。

花束を滅茶苦茶に振り回す。そのせいで、花瓶のひとつが倒れ、床で砕けてしまった。

（……片付けなきゃ）

ボロボロになった花束を手から落とし、惰性のように割れた花瓶へしゃがみ込む。

欠片を集める途中、指先を切った。

傷口に沿って血がじわりと滲み出てくる。血は線から丸い玉に大きくなっていき、ついに耐えきれなくなり、崩れた。強い鉄の臭いが鼻を擽《くすぐ》る。垂れて出来た赤い痕《あと》を、私の舌が迎えに行った。

(……お母さんも、舐めてたな)

犬鳴トンネルで、父の腕から迸《ほとばし》った赤い血を。

(あ。べたべたする……)

唇が粘つく。指から零れ落ちた血のせいだろうか。拭わなきゃ。でも、手がうまく動かない。指先が固まったように自由にならない。

私は唇の粘つく部分を舌で濡らし、曲げた手首でぐい、と拭った。

また、鉄の芳しい臭いが強くなった――。

第十五章　血筋　——晃

（暗い、な）

私はひとり、自宅の薄暗いリビングのソファに座った。

頭の芯が鈍く痛む。昨日から眠っていない。眠気が訪れないのだ。

妻である綾乃は康太と悠真を探しに出て行った。見送りもせずにいたが、そこへ訃報の電話が入ったのは何かの前兆なのだろうか。

「山野辺先生が、か」

彼は溺れ死んでいた。午前二時を過ぎたときだったと聞く。ふと火葬場での会話を思い出した。

〈あの当時のことを知っているのは、私とあんた、晃君だけだ。次はそろそろ……我々かも知れない〉

その言葉の通り、山野辺は溺死した。それも畳の上で。

思わず呻き声が漏れる。悠真と康太は行方知れず。今も捜索中だ。

二人を探す綾乃は……私の腕を喰《く》い千切った。

そっと左上腕の傷口を撫《な》でる。ガーゼの上からでもまだ強い痛みがあった。抜糸すら済んでいないのだ。当前だろう。

「出会わなければ良かった」

不意に口をついて出る。

綾乃と出会ったのは、遠い過去。若い時分のことだ。

当時、父の地盤を受け継ぐためにに、地元の挨拶回りをしていた。

正式に家督を継ぐのはまだ少し先だったが、顔つなぎは大事だ。その途中、地元企業の社長秘書だった綾乃を見初《みそ》めた。一目惚《ぼ》れだった。

父親の薫陶を受けたことで、多少のことは強引に進めればいいと学んでいた。

だから綾乃を物にするのは簡単だと思った。

が、実際に二人で会うと、萎縮してしまう自分に気づいた。こんなに初心《うぶ》な男だったかと笑ってしまう程に。

多分それは、綾乃の笑顔や空気がそうさせるのだろう。

これまで父の座右の銘である「森田の人間は、他者に弱みを見せることは許されない」を真に受け、虚勢を張っていた。「弱みを見せたらそこから喰《く》らい尽くそうとする人間が多い。だから絶対に誰にも弱点を見せるな」という父の言葉が正しいと思い込んでいたからだ。

しかし、綾乃と過ごす内、その言い分が誤っていることに気づいてきた。この世には自分の弱い部分を見せてもいい人間がいるのだと分かったのだから。

若い頃の私は、研究職に憧れていた。父のように他人の上に君臨するような性格ではなく、じっくりと深く対象を理解していくことが性に合っていた。

そう。綾乃との関係のように。

私と綾乃は次第に愛を深め、自然と子を成した。

そのことを父に報告すると、激高で返された。

「その女はいかん！」

父は興信所に綾乃のことを調べさせていた。

彼女は「卑しい血筋」の子である、と父は一刀両断で切り捨てた。

「遊びだと思って黙っていたが、もう駄目だ。子は流し、別れろ」

突きつけられる興信所の調査資料を、私はひとつも見ることなく押し戻した。

父の命令に初めて背いたのだ。

綾乃と添い遂げると決め、家を出る準備をしているときだった。

父が死んだ。

山野辺のように畳の上で、溺れ死んだ。

その山野辺が検視してくれたが、その時は「こういうこともある」とだけ言っていた。

葬儀から数ヶ月後、反対する父がいなくなったことで綾乃と籍を入れた。

彼女は悠真を産んだ。赤ん坊はとても可愛かった。

跡継ぎはこれで大丈夫だと周りが言うが、父のような育て方はしないつもりだった。

……だが、それがよくなかったのだろう。悠真はあんな男に育ってしまった。

次に産まれた奏は……。勉強がよく出来、深く物事に没頭するタイプだ。この辺りは私の血を受け継いだのだと思う。精神科医を目指した理由のひとつはここにあるのではないかと、想像している。それに、性格もいい子だ。

そう、いい子なんだ。しかし。

綾乃の両親に初めての娘を見せに行くと、そこでぽつりとこんな話を聞いた。

「綾乃の母親は……」


車が停まる音が外から聞こえた。

奏だろうか。

だとしたら、何かを訊《き》きに来たに違いない。あの子は、昔から勘が鋭いのだから。私は、深いため息を吐き、ソファに深く腰掛け直した。

玄関が開き、廊下を進む足音がこちらへ向かってくる。

まるで私がリビングにいることがすでに分かっているかのように。

もう一度深く息を吐くと同時に、背後でドアが開いた。

第十六章　忌避　――奏

「お父さん」

薄暗いリビングのソファに座ったまま、項垂《うなだ》れている父に、私は声を掛ける。

父は思ったより早くこちらを振り向いた。まるで私が来ることを知っていたかのように。

「……何だ？」

「ねぇ、何が起こっているの？」

「はぁ？」

父がわざと訝《いぶか》しげな顔を作ったように、私の目には映る。

「お兄ちゃんと康太がいなくなった。何で？」

応《こた》えはない。畳み掛けていく。

「山野辺先生も亡くなったんだよ？　ゆうべ……」

やや間があって、父が返事をする。

「……そうか」

あまり驚いた様子がない。私は対面に座り、疑問をぶつけた。

「前から思ってた。何で、お母さんのこと、嫌うの？」

「そんなことはない」

お前の血が、と叫ぶ山野辺の顔が思い浮かぶ。

「ねぇ、教えてよ。うちの血筋って何なの？」

父の顔色が変わった。間髪を入れず問いただす。

「この家で、何があったのッ⁉」

彼は答えない。

「ねぇ、教えてよ！　ねぇってば！」

感情が昂《たか》ぶり、目の前にあるテーブルを両手で叩き、揺らす。

私から逃れるように、父がソファから立ち上がる。

「どうかしてる……お前までおかしくなったのか？」

「おかしいのは、うちでしょッ⁉」

廊下へ出て行く父の腕を摑《つか》んで、追求を続けた。

「ねぇ、何で？　ねぇ！　私に何か話すこと、あるよね⁉」

「お前は、何も知らなくていい！」

強い力で突き飛ばされる。体勢を立て直しながら、私は父を睨《にら》み付けた。相手はスッと目を逸《そ》らす。そればかりか、こちらに背を向けた。何かに怯《おび》えているかのようだ。

「お父さん！」

「……俺だって、知っていたら一緒になんか……ッ！」

いつもは自らを私と言う父が、俺、と口にした。今の告白は、本音なのだろう。でも、どうしてこんなことを口走るのか。

「怖いんだ……俺は、お前らが怖いんだよッ！」

「え……？」

お前ら？　それは家族全員のこと？　それとも。

「お前だって子供の頃から、妙なものが見えたりしてたんだろッ⁉」

悠真と同じことを父の口から聞いてしまった。知っていたんだ。衝撃のあまり身体が動かない。

父は去り際に、捨て台詞を残していった。

「混ざっちゃいけない血だったんだ……」

もう、追いかけられない。これ以上、父には何も届かない。

玄関が開く音が聞こえ、それから車のエンジン音が遠ざかっていった。

誰もいなくなった家に、静けさが戻る。

でも、私の心は、いつまでもざわめき、鎮まることはなかった――。

第十七章　残香　――綾乃

「奥さん、ふらふらなさってますよ。無理をしては……」

警官のひとりが私を気遣ってくれる。悠真と同じくらいの歳かしら。とてもありがたいと思う。でも、あの子たちの、悠真と康太のことを考えると、休んでなんかいられない。昨日は奏《かなで》が家で面倒を見てくれたけど、いても立ってもいられなくて、日が昇るずっと前からここへ来た。

朝の蒼《あお》い光の中、私は警官隊と一緒に犬鳴トンネル周辺をずっと探している。

「悠真……！　康太……！」

名を呼び、どこにも見落としがないよう、目を皿のようにして何度も同じところをぐるぐる回った。それでも見つからない。

もしかしたらここではないのか。いや、きっと、あの子たちはここにいる。そうとしか思えない。絶対に、ここだ。妙な確信があった。

早く見つけてあげないと、午前中には雨が降り出す。空気の匂いがそう教えてくれている。あの子たちが風邪を引いてしまうじゃない。雨が降る前に、早く。

「あったぞー！」

トンネル内から大きな声が響いた。警官の声だ。

「康太……悠真、悠真……康太」

何があったの？　まさか、いや。私は心の中で否定する。もし、変わり果てた姿としたら「あった」とは言わないはずだ。では一体、何？

急いで入り口を塞ぐブロックへ近づく。上から警官がひとり降りてきた。

その手には見知った物が握られている。

バッグだ。

「康太のだ！」

私は無意識に叫び、警官からバッグを奪おうとする。

私が買ってあげたバッグ。肩掛けの。あの子がいつも使っていた、愛用の。

それに凄《すご》く、あの子の匂いがする！　柔らかいお日様みたいな香りと、いつも読んでいた本のインクと、紙の匂いが混じり合った、あの子の。

でも、警官は渡してくれない。

「奥さん！　これは遺留品ですので、こちらでお預かりします！」

遺留品じゃない。これは、あの子のバッグ。康太のバッグ。返してよ。

「おいッ！　押さえろ！」

「こちらで調べますから！」

警官たちが私から康太のバッグを奪おうとする。どうしてそんな酷《ひど》いことが出来るのだろう、この人たちは。悠真と同じ年代の警官も、私を引き剝がそうとしていた。必死に奪い返そうとしても、邪魔をされる。警官の荒々しく、そして厭らしい呼吸音と、煙草の脂と汗が混じった体臭が不快だ。鼻が痛い。どいて。早くそれを頂戴。私の康太の、バッグ。返して。お願いだから。

第十八章　祖母　――奏

小雨の降る山間の道に愛車で分け入っていくと、徐々に木々の密度が変わる。

延々と続く登りの山道には、紅葉もまだまばらにしか見えない。

幾度かカーブを過ぎると、雨に濡《ぬ》れた木造の二階建てが見えてくる。

その庭先へ、車を乗り入れた。

ドアを閉め、懐かしい風景を眺めていると、後ろから優しい声が聞こえる。

「奏だね」

振り返ると、ひとりの老人が微笑んで立っている。

「大きくなったなぁ……！」

「お祖父《じい》ちゃん……」

一見すると頑固そうに見えるが、誰よりも穏やかな人物だと思う。

「お……疲れた顔して。でも、やっぱり、綾乃の面影がある」

再び微笑んだ祖父は、一度空を見上げてから、家の中へ招いた。

玄関をまたぐ前、ふと表札に目が行く。

〈中村隼人《なかむらはやと》　耶英《やえ》　綾乃〉

祖父の名は中村隼人という。続柄としては母方の祖父だ。

「さぁさぁ、おいで」

祖父に促され、部屋に上がる。

田舎特有の雑多な居間を抜け、一旦、隣の部屋にある仏壇の前に膝をつく。

線香を上げ、手を合わせた。

顔を上げると、位牌《いはい》と優しい顔の遺影がある。祖母、耶英のものだ。

「――耶英も、きっと喜んでおるよ」

祖父の声が聞こえた。居間へ戻ると、台所でお茶の支度を始めているところだった。

「耶英とお前は本当に仲良かったもんなぁ。覚えているかい？　なんだか楽しそうに、二人コソコソやっとった」

祖父が静かに笑う。

そうだ。私は祖母とよくいろんな話をしていた。

外を眺《なが》めると、遠くには雨で煙《けぶ》った山々が横たわっている。

吸い寄せられるように縁側へ座り、遠景を見つめた。

（ああ、思い出すな。ちっちゃかった頃のこと。康太はまだいなくて、お兄ちゃんと二人で遊びに来てた。よくここで泣いたっけ）

幼かった私は、よく兄、悠真に苛められては、縁側に腰掛けて泣いた。

そんな様子を見た祖母が寄りそうように横に座る。

「そうかい。そうかい……そりゃ、兄ちゃんが悪いよなぁ」

顔を上げると、遠く青い空を眺める祖母の横顔がある。

「祖母《ばぁ》ちゃんが二つずつあげた飴《あめ》なのに……。そんな兄ちゃんには罰が当たるぞ」

開いた口が塞がらない。どうして知っているのだろう。兄とのやり取りを祖母は見ていなかったはずだ。

「どうして？　どうして、あめ、とられたってわかるの？」

祖母は口に人差し指を当てて、しーっ、と笑う。

そして、自分のおでこをその人差し指で擦《こす》った後、次に私のおでこに同じことをする。

まるでおまじないみたいだ。

「奏にも分かるはずだぁ」

「ほんと？」

自分でおでこに触れてみたけれど、変わったところはない。

ふと、ある場所が気になった。祖父母宅の庭の向こう、一段上がった高台の墓場が。ここは中村家の人間が眠る墓地になっている。

そこでは風呂敷をマント代わりに身につけた悠真が、棒っ切れを振り回して遊んでいた。

そのとき、私の頭にあるイメージが浮かんだ。

思わず縁側から飛び降り、兄に向けて叫ぶ。

「にいちゃん！　あぶない！」

こちらの声に気づかないのか、悠真は暢気《のんき》に暴れ回っている。

「かなで！　おまえのおかしは、ぜぇんぶ！　おれさまが、うばいとってやるのだぁ！　みてろー！　とぅ！」

そう言って墓場の段差から飛び降りた兄が、足を踏み外して転げ落ちていく。

（さっき、あたまにうかんだのと、まったくおなじだ！）

そう。先ほど見たのは、段差で転び、怪我をする兄の姿だった。

大丈夫なのだろうか。でも、あれは、あの頭の中に浮かび上がったものは、一体。驚き、心配する私を余所《よそ》に、悠真が大声を上げた。

「いってぇー！　ちっきしょー！　くっそー！」

擦《す》り剝《む》いた膝を押さえる兄は泣いてもいない。大きな怪我《けが》はないことが分かる。

祖母の元へ戻ると、悪戯《いたずら》っ子のような笑顔を浮かべている。

「ほーら、罰が当たっただろ？」

祖母にも同じものが見えていたのだ。二人で顔を見合わせ、クスクス笑っている内、再び墓の方が気になった。

祖母の後ろからもう一度墓場を覗《のぞ》いた。途端に全身が粟立《あわだ》つ。

湿った手で無遠慮に身体を触られているような気色の悪い感覚と共に、じっと見詰められているような気がする。

「おばあちゃん、あれだれ？」

祖母が私の視線を辿《たど》る。

「……そうか。奏にも見えたか」

むくれている悠真の背後に、ハンチング帽を被《かぶ》ったひとりの男性が佇《たたず》んでいる。

手前にいる兄より薄ぼんやりとしていて、明らかに生きている人間ではない。

祖母が私の身体を優しく抱きながら言う。

「何か言いたげに……ずっと見守ってくれてるんだ」

その腕に、僅かな力が入った。

「大丈夫。あの人は怖くない……怖くない」

見上げると、祖母が見詰めている。本当に、あの人は怖くないの――？

「お茶、入ったぞ。こっちにおいで」

祖父の声で思い出から引き戻される。

縁側に腰掛けたまま振り向くと、お茶を運びながら祖父が懐かしそうに呟《つぶや》く。

「確かに耶英には不思議なところがあった……」

蛍光灯の紐《ひも》を引く祖父の姿を眺める。ずいぶん小さくなったように感じる。縁側の戸が開けっ放しのせいで寒いのか、彼は炬燵《こたつ》へ入った。

「アイツが傘を渡してくれた日は、必ず雨が降ったし、赤ん坊が生まれる家も、人の死に目も言い当てることがあった。子供の頃、私も気味悪がって、随分からかったもんだ」

そんなことがあったのか。よく考えてみたら、祖父と祖母の馴《な》れ初《そ》めは知らない。話からすれば、小さな頃から仲がよかったみたいだ。

「ほら、お茶」

心を落ち着かせる煎茶《せんちゃ》の香りが鼻に届いた。よい水で煎《い》れるとそれだけでここまで香りが強くなるのかも知れない。

頂こうと縁側から立ち上がり、居間へ入ろうとしたときだ。

外からあの気持ちの悪い感覚が流れてきた。脳内にあの——祖母の言う〈見守ってくれている〉——男の姿が浮かび上がってくる。

思わず振り返る。だが、いない。

（気のせいか……あれ？　そう言えば）

よく考えれば、最近あの帽子の男性の気配を二度ほど感じた。

一度は、康太の部屋。もう一度は犬鳴トンネルで。

(いや、もしかしたら勘違いかも知れない)

炬燵に入り、祖父と向かい合う。

「聞きたいことがあるって?」

そう。私は朝、実家を出た後、祖父に電話をしたのだ。

夢の中の山野辺と、父の言葉の真偽を確かめたかった。

犬殺しの血。混ざっちゃいけない血とはどういうことなのか、と。

「お祖父ちゃん、お祖父ちゃんの家、他に親戚の人って?」

一瞬押し黙ってから、祖父が口を開いた。

「……うちには、お前たち以外に親戚はいない」

ついで仏壇の方を向く。

「耶英はね、うちの前に捨てられていた子だったんだ」

庭へ視線を移しながら、祖父の両手が何かを掬《すく》い上げるような動きを見せた。

「まだ、赤ん坊だった。これっくらいのね。……昔はよくあったんだ。食い詰めて、どうしようもなくなって我が子を捨てるなんざ、よく、な」

目を伏せながら、祖父がポツリと漏らす。

「もしかすると、この近くにあった村の子だったのかも知れない」

村？　まさか。

「村って、犬……鳴、村？」

祖父が弾《はじ》かれたように顔を上げた。目が大きく見開かれている。

「何でその名前を……？」

どう答えればいいのか分からない。全ては私の妄想に過ぎないのだから。

「こんな話をすると、多分、お前の父さんは面白くないかもしれんがね……」

父のその名に対する反応。その意味が朧気《おぼろげ》ながら分かってくる。

そうか。父は母の血を、祖母の出自を気にしていたのだ。しかし犬殺しの血に関しては不明な点が残る。やはり、犬鳴村がキーなのかも知れない。

「やっぱり、お祖母ちゃんは犬鳴村で生まれたの？」

「さぁな、今となってはどうだか」

口ぶりからその辺りがはっきりしていないことが理解できる。もしかしたら祖母は犬鳴村と全く関係ないのかも知れない。少しホッとしかけたとき、祖父が再び口を開いた。

「でもな、犬鳴村を出た身寄りのない人たちは、いたらしいが」

ふと、ある考えに至る。

祖父の口ぶりからして、犬鳴村は実在した村と言うことになる。だとすれば、悠真や康太が追いかけていた都市伝説の〈地図から消えた村〉ではない。

そもそも、近隣の地名に残っているのだ。ないはずがない。

と、すれば、ルーツを探しに行くことは可能だと言うことだ。

「私、その村に行ってみる」

「そりゃ無理だ」

祖父が遠くへ視線を向ける。

「犬鳴村は今じゃもう……ダムの底だ」

第十九章 映像 ――奏

祖父の言うダムとは、犬鳴ダムのことだった。

私が病院から実家へ戻るとき、目印にしている場所だ。

ダム湖を見渡せる展望台があり、そこは「映える」と若いカップルに人気のスポットになっていた。ただし、心霊スポットという噂《うわさ》もある。

私自身はこれまで足を運んだことはない。

行く機会がなかったし、心霊スポットを訪れるなんて願い下げだ。だが、ダムの底に沈んだ村が犬鳴村であると知った今、一度足を運んでおくべきだと思った。

だから、祖父宅を訪れた翌日、私は犬鳴ダムに足を運んだ。

休みではなかったが、家族が行方不明になったことで、病院が気を遣って融通を利《き》かせてくれているのだ。罪悪感はあるが、この機会を逃すつもりはない。

車から降り、展望台へ上がる。

きっかけはどうあれ、初めて訪れたダム湖は思ったより眺めがいい。

（へぇ……意外といいところだなぁ）

昨日とは打って変わって晴れているおかげもある。山から吹き下ろす風で、湖面が小刻みに波打ってはきらめいていた。

(この水の下に、犬鳴村が……)

手摺《てす》りの前で水面《みなも》を見詰める。水位が上がっているせいか、水底は見えない。碧《あお》い水が全てを阻むかのように満ちている。

(冷たそうな水)

肌寒さを感じた。マフラーを巻き、コートは着ていたが、中は薄手の白いシャツだ。チョイスを失敗したかな、と少し後悔した。

ザアッと、湖を渡った風が吹き上げ、容赦なく私を嬲《なぶ》る。一気に体温を奪われたせいか、悪寒が走った。同時に、湿った手のような感触が背中を撫《な》で回す。

背後に何かがいる。

近い。すぐそこ。手を伸ばせば、きっと届く。

不意に振り返り、私は後ろにいる何かを摑《つか》んだ。

ハンチング帽を被った青年がいる。

何度かイメージで見た、あの男性だ。

少し長めの髪で、焦げ茶色のラフなジャケットとベージュのパンツを身につけている。

その右腕を、私の右手が捉えている。

確実な手応《てごた》えがあるのに、どこかふわふわとした頼りない感触に困惑してしまう。

(生きた人間なの？)

思わず手を離した。彼は自分の右手首を擦《さす》る。

(でも、私が子供の頃見た姿と変わっていない、ような気がする)

明らかに普通の人間ではない。

訝《いぶか》しげなこちらの視線を無視して、彼が手摺りに近づいていく。

「……なんで付きまとうの？　あなたは、誰なの？」

じっと湖を見詰めたまま、彼は口を開いた。

「……お上《かみ》のやることは、いつでも一緒だ」

想像より心地よい声だった。しかし、こちらの問いには答えていない。

「え？」

「臭い物には蓋をする」

犬鳴村に関係があることなの？　私も湖面に視線を落として、訊《き》いた。

「……この村で、何があったの？」

陽光を反射して、ダム湖は輝き続ける。何かを隠すように。

彼は口を噤《つぐ》んだまま、一点を見詰めている。不思議だ。どうしてなのだろう。この人といると、何故《なぜ》か安心する。もう気持ち悪さは感じない。

私は構わず話し続けた。

「今まで自分がどう生まれて、何者かだなんて、気にしたこともなかった」

青年がようやくこちらを向いた。

「誰でもいい。あなた、何か知っているんでしょ？　犬鳴村って何なの？」

彼の目は私の内面まで見透かしそうなほど、澄んでいる。

「……君に、見せたい物がある」

湖面からの風が私と彼に吹き付け、通り抜けていく。

青年がくるりと背中をこちらへ向け、歩き始めた。


（ここは？）

青年が案内したのは、近くにあった郷土資料館だった。

独特の古びた香りに、小学生の頃に課外授業で訪れた記憶が蘇《よみがえ》る。

観光地としては規模が小さく、土地の人間もよほどの物好きではない限り足を運ばないせいか閑散としている。受付スタッフも席を外していたくらいだ。

二階へ上がっていく彼に付いていくと、そこは小さな映写室だった。

中は二十人も入ればいっぱいになる程度のスペースしかない。見れば、後方に八ミリの映写機が備え付けられていた。

棚の前で青年は何かを探し、取り出す。

古びたフィルム缶だった。

慣れた手つきで缶が開けられ、フィルムが映写機に装塡される。

照明が落ち、映写機が回り始めた。

音がない、ザラザラと乱れるセピア色の映像は、とても古いものに感じられた。


どこかの集落だろうか。

粗末で丈の短い着物に股引《ももひき》姿の男たちが、野犬を追っている。

手には武器らしきものを持ち、穴に追い込んでいるようだ。

次のシーンは、獲《と》った野犬の解体である。

着物姿の女たちが力を合わせ、木に吊《つる》した犬の腹を縦に断ち割り、臓物を引き出し、下の桶《おけ》へ落としている。

再び場面転換があり、猟から戻る男たちと、犬の毛皮を加工する女たちが映された。

その脇には大きな鉄鍋が火に掛けられ、何かの肉が煮えている。

「山犬を捌《さば》いて生活する彼らは、〈犬殺し〉と呼ばれて、村人以外誰も近づこうとしなかった」

彼が映像の説明を始める。

犬殺し。山野辺の言葉。これは犬鳴村の記録……？　だとするなら、私のルーツはやはり、犬鳴村にあるの？

「そんな彼らを、手助けする連中が現れた」

私は映像に視線を戻した。


簡素な鳥居の下に、粗末な着物を身につけた男がひとりと、スーツ――いや、この時代なら背広と言った方がしっくりくるだろう――姿の集団がいる。

着物の男は村の代表らしい。背広姿の集団を率いるのは、つば付き帽子を被った恰幅《かっぷく》のよい男性で、立派な髭《ひげ》を蓄えている。

村人たちとの酒宴が始まった。

酒は背広姿の集団から提供された物のようだ。杯を交わし、誰もが肩を組み、仲良く笑っている。平和で友好的な雰囲気だ。よく見れば作業着姿の男たちも混ざっていた。

その向こうに先ほど鳥居の下にいた村の代表の男がいる。その傍らには妻と娘らしき女性の姿があった。妻もだが、娘は他の村民と顔の系統が違うように見える。

特に娘の美貌は群を抜いていた。少女特有の可憐《かれん》さの中に、凛《りん》とした美しさがある。白っぽい着物がよく似合う。

あまりに娘が魅力的なのか、見惚《みと》れるようにカメラが固定される。

それに気づいた周りの男たちがカメラを取り上げ、撮影者へレンズを向けた。

ハンチング帽を被ってはにかむ若い男が映し出された。


(え……!?)

我が目を疑った。スクリーンに映し出された撮影者は、今、横で映写機を回している青年と同じ顔をしていたからだ。

「あなたは、村の人じゃないのね?」

疑問が勝手に口を衝いて出る。

冷静になれば、やはりいろいろおかしいことだらけだ。幼い頃から今まで幻のような存在だった男がこうして現実に現れたこと。

そんな人が、こんなに古そうな記録映像に出てきていること。

どれを取っても理屈に合わない。

でも、私の心の奥底では、全てがなんとなく理解できていた。

だから、こんな台詞が言えたのだ。

だが、こちらの問いに彼は答えない。じっと映写機が放つ光の方を見詰めている。答えはそこにあるのだ、と言いたげに。

私も彼に倣《なら》って、再びスクリーンを見詰めた。


周りの背広姿の男や、作業着姿の男にからかわれながら、ハンチング帽の青年があの美しい娘の横に並べられる。二人は照れた様子で笑っていた。

——が、次のシーンから雰囲気ががらりと変わった。

村の一角に看板が打ち込まれる。

〈コノ先、日本國憲法、通用セズ〉と書かれている。


これは、一体。

「連中が村人に近づいたのには狙いがあった」

淡々と語る彼は、この先何が起こるのか、知っている口ぶりだった。


映し出される映像の中では、建物の前に村民がずらりと並んでいる。

全員が笑顔で、今か今かと待ちかねている様子だ。何かいい物でも貰《もら》えるような様子で浮き足立っている。

入り口で背広の男が村民のひとりを中へ送り込んだ。

屋内では、先に入った老人が作業員たちに押さえ付けられている。

すぐ近くでは、あの帽子を被った髭の男性が何事か指示をしていた。

作業員のひとりが、燃えさかる石炭の中から鉄の棒を一本抜き取る。

先端が焼き印になったそれを村民の喉元に容赦なく押しつけた。音はなくとも、苦痛に歪《ゆが》む顔と大きく開かれた口から、絶叫していることが分かる。いや、無音であることで、よりいっそう惨たらしさが伝わってくる。

焼き印が剝がされ、その下に焼けただれた痕が刻まれていた。

武器を持った人間を簡略化した絵のようにも、犬という漢字にも読める。

「これは、犬の象形文字だよ。漢字の古書体、小篆《しょうてん》なんだ」

こちらの頭の中を読み取ったように、青年が呟く。

「連中は電力会社の回し者で、この場所にダムを造るため、村人を力で捻《ね》じ伏せていった」

映像の中では破壊が始まっていた。

作業員たちにハンマーで壊される村の家屋。その脇で子供が背広姿の連中に押さえ付けられ、泣き叫ぶ。傍らには、為す術《すべ》もなく立ち尽くす両親らしき男女がいた。

奥には帽子を被った代表者が立つ。すぐ横にいる村の代表は愕然《がくぜん》としている。

一瞬、映像はブラックアウトし、他の場面が映し出される。

再び、代表者の姿が映し出された。彼の強引な指示で、村の代表者家族が柱に括《くく》り付けられている。どこの柱か分からないが、左右対称に立てられた二本の太いものだ。そこへ野犬がけしかけられた。更に帽子の代表者は彼らに拳銃を突きつけ、何事か迫っている。内容は分からない。

あの可憐な娘の顔から笑顔が消えていた。

代表者がこちらを向いた。

怒鳴り散らしながらカメラへ向かってくる。帽子が落ちた。

剃《そ》り上げられた頭。眼鏡を掛け、立派な髭の――。


「え？」

私は目を見開いた。

我が森田家の仏間。そこに掛けられた沢山の遺影。

その中にある先々代の――曾祖父の森田源次郎の顔だった。

青年が何かを責めるように、低い声を絞り出す。

「こいつの娘や息子は今ものうのうと生きている」

曾祖父の娘や息子は、私の父方の祖父母だ。今はもう、亡くなってこの世にいない。

生きているのは、祖父母の息子である父と、そして――。

スクリーンの中では暴虐の限りが尽くされている。

作業員、否、電力会社の男たちに首を掴まれ、岩に押しつけられる村の代表者。その妻と娘に拳銃を突きつける我が曾祖父、源次郎。

「ヤツは村の娘を無理やり閉じ込め、犬と交わっていると言いふらした」

どうして。何故《なぜ》そんなことを。私は映像から顔を背けた。

「見ろ！ 見るんだ！」

初めて青年が声を張り上げた。逆らえない何かがあった。

映像はまだ続く。

犬の焼き印を押され虐げられた村民が、檻《おり》へ押し込まれていく。

体中傷だらけの彼らは、格子の間から手を伸ばし、助けを請うているようだ。

「……止《と》めて」

もう見たくない。

「ねぇ、もう止めてよッ！」

私は映写機の光を遮るように、スクリーンの前に立った。

白い服の上に、苦しむ村民の姿が浮かび上がる。

思わず手で払うものの、無駄な行動に過ぎない。

「止めて……」

「そうやってすぐ蓋をしようとする！　駄目だ！　君は見なければいけない。彼らから目を逸《そ》らさないでくれ！」

どうして？　私が首謀者の玄孫《やしゃご》だから？　血を引いているから？　遠い過去の罪から、目を離すなってこと？

恐る恐る、視線を下げる。

胸の上で、檻から必死に手を伸ばす村民の姿がのたうっている。

「……止めてッ！」

手で払う。もちろん消えない。

映像は、カメラに向けて怒鳴り散らす、我が曾祖父の醜悪な顔に変わった。

頭の中で何かが弾《はじ》け、フィルムと現実世界の狭間《はざま》へ迷い込む。

檻の中から源次郎――曾祖父に向けて伸びる腕、腕、腕、腕。

傷つき、汚れて、人間の尊厳を失った腕。

いつしかその腕は私に向けたものへ変わった。

〈お前の血が……！　お前ら犬殺しの血のせいだぁ！〉

檻の格子をすり抜け、満身創痍《そうい》の村民がふらふらと出てくる。出てくる。出てくる。出てくる。止めどなく、終わることなく。

「――――！」

我に返った私の服の表面から、無数の腕が突き出されていた。

腕に続き、頭、身体、足が、じわりじわりと姿を現す。

まるで私の中から生まれ、外に飛び出していくように。

気がつけば、背後のスクリーンのフレームからも、村の人々が迷い出ている。

くさかろ　わるかろ　こめこもできなきゃ
ふたしちゃろ　ふたしちゃろ
わんこが　ねえやに　ふたしちゃろ
あかごは　みずに　ながしちゃろ
さむかろ　あつかろ　いねもできなきゃ
ふたしちゃろ　ふたしちゃろ

わんこが　ねぇやに　ふたしちゃろ
あかごは　みずに　ながしちゃろ
いたかろ　こわかろ　はなもさかなきゃ
ふたしちゃろ　ふたしちゃろ
わんこが　ねぇやに　ふたしちゃろ
あかごは　みずに　ながしちゃろ

大勢の声でわらべ歌が響き出す。

狭い映写室の中で反響し、私の鼓膜に、全身に絡みついてくる。

私の身体の上に焼け落ちたフィルムが映し出され、映像は終わった。

映写機の明滅する光が私を、スクリーンを照らしている。

外へ出てきた村民たちが、こちらに背を向け、何をするでもなく立ち尽くしていた。

次の瞬間、彼らがゆるゆるとこちらを振り向く。

私の存在を見つけ、緩慢な動きで迫ってくる。

「やめて」

頭の中に、村民たちの呻《うめ》き声とわらべ歌が響く。声と歌の洪水に呑《の》み込まれそうだ。

「やめて……！　もう、やめてッ！」

全てから逃れようと、私は映写室を飛び出した。
耳を塞ぎ、視線を伏せながら。

第二十章　少女　――健司

出て行ったか。僕は扉の方を見やった。
映写機の光がまた別の映像を映し出した。
可憐《かれん》で美しい少女の姿――籠井摩耶《かごいまや》がスクリーンの中で微笑んでいる。
カメラを向けていたのは、僕だ。彼女は僕に向けて笑ってくれていた。
「……摩耶」
両目が熱くなる。
どうして、こんなことになってしまったんだ。
僕は再びスクリーンの中の摩耶を見詰めた。
微笑む彼女。幸せだった頃の映像だ。
粗編集したフィルムにこんなシーンを残していたのか、もう覚えていない。
露光しかけた状態でかろうじて残った、美しい摩耶の姿が途切れる。
カラカラと回り続けるリールの音を聞きながら、僕の頬が熱く濡《ぬ》れていく。
摩耶。どうしてこんなことになってしまったんだ――。

第二十一章　出自　――奏

映写室を逃げ出した私は、ダム湖に停めてあった車に飛び乗った。

あの青年は追いかけてきていない。

駐車場を出て、ダム湖の脇を走る。

(あの映像……)

ハンドルを握りながら考える。思い出したくもない内容だったが、自分の出自に関して、頭が勝手に思考を始めていた。

犬鳴村と父方の曾祖父、森田源次郎には深い関わりがあった。

そして、母方の祖母である耶英《やえ》は、もしかすると犬鳴村の人間かも知れない。

だとしたら、村に非道なことを行った人間の家と、その村の人間の血筋が混ざり合ったのが、今の私たち、森田の子ということになる。

(加害者と、被害者がこうして結びつくなんて)

ため息も出ない。

私は父に訊《き》いた。どうして母を嫌うのか、と。それに対し、父はこう答えた。

母は犬鳴トンネルの前で、父の腕を喰《く》い千切った。そして獣の前足のような動きで、口元の血を拭った。ああ、そうか――私は理解する。

俺はお前らが怖い、と言う父の言葉。それは母と――私を指していたのだ。

もし悠真と康太も同じであれば、彼らに対しもっと違う態度をとるだろう。私と母に対するような。しかし、父が恐れるのは私と母だけなのだ。

母方の祖父は、私に祖母の面影があると言う。犬鳴村の出かも知れない、祖母の。

〈奏にも分かるはずだ〉と私のおでこを擦《さす》った祖母と、不思議な力、見る力。どうしてそんなものが祖母や私にあるのか、意味は分からない。もしかしたら母にもあったのだろうか。だとしたら、犬鳴の、それも女系の血だけに力が現れると仮説が立てられる。兄、弟にそんな素振りは微塵もなかったのだから。

不意に父の言葉が蘇《よみがえ》る。

〈混ざっちゃいけない血だったんだ……〉

そうか。父は知っていた。諸悪の根源である森田家の血と、それを恨む犬鳴の呪われた血。私の中でひとつの答えが固まった。

〈確かめなくてはいけない〉

心が定まると、落ち着きが戻ってくる。

遠くに赤い橋の入り口が見えてきた。この先に電話ボックスがあったはずだ。ふと思い出す。

（そう言えば）

今朝、ダム湖に来る前、悠真の友人に偶然会った。コンビニに立ち寄ったときだ。

確か、シン、という青年だった。私は声を掛けた。改めて悠真たちが行方不明になった当日のことを訊こうと思ったからだ。

しかし、彼は疲れたと言って帰ろうとする。何か様子がおかしい。短期間に多大なストレスを受けた兆候が見える。

大丈夫なのかと訊《たず》ねると、彼は首を振った。

「もう、俺、耐えられないンす……最近、碌《ろく》なことがなくて」

〈赤い電話ボックス〉

シンがボソボソと話し出す。

「ちょい何日か前、車をぶつけてボディがへこんだし、怪我《けが》しちゃうし」

確かに彼の額に大きな絆創膏《ばんそうこう》が貼られている。

「それに、先輩が失踪しちゃうし……スゲエ厭《いや》なもん、見ちゃったし……」

昨日の深夜、シンは仲間たちと三人で国道沿いのファミレスにいた。

もっぱらの話題は、失踪した先輩――悠真のことだった。

「悠真さん、どこ行ったんでしょうね？」

「知らねーよ。どうせいつもみたいにふらっとどっかへ行ったんだろ？　ほんと、アイツはそういうところあるから。こちとら警察にまで呼ばれて、調べられて迷惑だよ」

ヒロが苦笑いを浮かべている。仲間内のナンバーツーの男だ。小柄で口が立つ。

「でも、心配じゃないッすか？」

シンの一学年上であるユウジがヒロに訊《たず》ねるが、無言で首を振られた。

「心配するだけ、損だって」

そこへユウジの携帯に電話が掛かってきた。画面には〈リュウセイ〉とある。

リュウセイはユウジの年上で、体格のよい坊主の男だ。

「もしもし？　あ、リュウセイ君？　うん……うん……」

携帯を少し口から外して、ユウジがヒロに訊《き》く。

「リュウセイ君、原チャリのエンジンが急に止まっちゃったって。すげぇ遠くで困っているみたい。迎えにきてくれないかって言ってる。どうする？」

原チャリ、原動機付き自転車、所謂《いわゆる》スクーターのことだ。

「仕方ねぇな。行ってやるって、伝えて。あと、場所な」

ユウジは再び、リュウセイと何事か話し、電話を切った。

「ダム湖の赤い橋、その近くにある電話ボックスのところにいるって」

湖に掛かる橋の袂《ふもと》にある、赤い屋根の電話ボックスのことだった。

地元では心霊スポットと呼ばれている。

深夜、ボックスの中に白い女が立っている、や、ここを車で通るといつの間にかびしょ濡《ぬ》れの人間が後部座席に座っており、突然消える、などのありがちな話だ。

橋から身を投げた自殺者や、事故で車ごと転落して死者が出たこともだが、この付近で知られている〈犬鳴村〉という都市伝説が噂《うわさ》の真実味に拍車を掛けていた。

「仕方ねぇな」

ヒロが立ち上がり、シンから車の鍵を借りた。

「俺とユウジで行くからよ。多分、二時間もあれば戻ってこられるだろ。お前、ここで席取りしとけ。粘っとけよ。一応、俺の原チャリの鍵、置いていくから使ってもいいぞ。緊急事態のときだけな」

ヒロとユウジが出て行く。

深夜でファミレスの客は少なく、店員からジロリと睨《にら》まれた。

（一緒に行けばよかったんじゃないか？）

伝票を摑《つか》んで立ち上がると、自分の黒いワゴンが国道へ出て行くところが窓から見えた。

（もういいや。待とう）

シンは席に腰掛けた。


それからどれくらい経《た》っただろう。ヒロたちはいつまでも戻ってこなかった。

時計はすでに午前一時を大きく回っている。

何度もドリンクバーのおかわりをして間を持たせていたが、店員の目が厳しくなってきている。いつまでも居座る客は歓迎されない。

（だからヒロさんは迎えに行ったんだ。ここで待ってるとこうなるの、分かってたから）

半分イジメだ。嘆いていると、携帯が震えた。相手は〈ユウジ〉だった。

『来たけどよォ。いないんだよ。電話ボックスのとこにも、橋の上にも』

なら、バイクが直って移動をしたのではないか？

『いや、バイクはある。リュウセイのだ。キーも付いてる』

呼び出しておいてなんだよ、とユウジは憤っていた。が、突然、騒ぎ出した。

『おい、なんか、ボックスの電話が鳴り出したぞ』

公衆電話のベルが鳴っているらしい。電話の向こうから微《かす》かに聞こえるような気もする。鳴る理由はいくつかあるから、不思議ではない。しかし、ユウジは狼狽《うろた》えている。

『え？　マジすか？　取るンすか？　え、マジ？　……ちょっとヒロさんに代わる』

おう、シン、とヒロが出た。

遠くからユウジの話す声が聞こえている。

「ヒロさん、どうスか？」

『おう。……え？　なんで？　リュウセイ？』

ガサゴソとノイズが入る。足音と共に、ヒロとユウジの会話が漏れ聞こえてきた。

『……は？　何？　リュウセイがなんて？　え？　さっきの電話と同じ？　バイクが止まったから、迎えにこいって？　あ？　俺ら、来てんじゃんかよ……』

こちらから何度も話しかけるが、答えがない。彼らは完全に携帯を耳から外している。

『はぁ？　俺にも聞けって？……ああ、うん、ああ……』
またノイズが入り、その後ろでボックスの扉が閉じるような軋《きし》みが鳴る。
『おい。なんだよ、これ。おい。なんだ、これ』
ヒロとユウジがパニックになったような声を上げ始めた。
「もしもし！　もしもし!?　ねぇ、ヒロさん!?　ユウジさん？」
シンの問いかけには誰も答えない。
代わりに、断片的な言葉が携帯の向こうから伝わってくる。
――開かねぇ。
――なんだこれ？
――泥？　人の手形？
――これ、内側からじゃねーか！
突然、電話が途切れ途切れになる。ぶつ切れに聞こえてくるのは、水音だ。
『おい、なんで、水が』
『水が来る。水が来てるぞッ！　水が』
ぶつんと電話が切れた。最後、ゴボゴボと水没するような音が聞こえた。
一体何がどうなっているのか、さっぱり分からない。
何度も掛け直すが、ヒロもユウジも、リュウセイも出ない。

（俺をビビらそうとしてんのかな？　フカシかな？）

もう一度、電話を掛けた。やはり反応はない。通話アプリも既読にならないし、何通も送ったメールも返信がない。

眠気が来た。もし彼らの悪戯《いたずら》であるなら、起きて待つのも馬鹿らしい。

店員の目もすでに気にならなくなっていた。シンは席に横になり、目を閉じた。

どれくらい眠っただろう。不自然な姿勢で寝たせいで身体が痛い。

時計は午前五時を大きく過ぎた頃だ。ヒロたちは戻っていない。連絡も入っていない。

流石《さすが》に、おかしいと思い始めた。

（まさか、俺の車で事故でも起こしたんじゃ？）

ただでさえ、周囲の目が厳しい上、保険も入っていない。自分以外の運転手が事故を起こした場合、大きなトラブルになる。

シンは慌てて支払いを済ますと、ヒロの原チャリで問題の電話ボックスへ向かった。

うっすらと夜が明ける頃、確か、午前六時半くらいだったと思う。

橋に付けられた照明はまだ光っていた。あと少しでボックスに着く。

赤い橋の袂、電話ボックスが設置された場所に自分のワゴンが停まっているのが見えた。

一見して、大きく壊れている様子はない。

安心しながら原チャリを駐車スペースへ乗り入れたとき、心臓が止まりそうな程、驚いた。

狭い電話ボックスの中に、折り重なる人の姿があった。

上からユウジ、ヒロ、リュウセイの順だった。

まるでガラスの檻《おり》に詰め込まれているようだ。

そろそろと近づく。

「え。ちょっと。え？　みんな……？」

こちらが到着したのを見計らって、わるふざけしているのだろうか。

それにしては微動だにせず、全くの無反応だ。かなり接近したとき、彼らの顔がおかしいことに気がついた。

三人共顔が白くふやけ、服もびしょ濡れになっている。

それだけではない。ボックスの内側に水滴がつき、所々に泥が付着している。見ようによっては、手形に見えた。

「どうして？　え？　なんで？」

この寒い時期に、いや、それ以前にこんな場所で何故こんなことに。

（あ）

——水が来る。水が来てるぞ。

電話越しに聞いた彼らの言葉が頭に浮かぶ。

開ける勇気はない。だが、見捨てることも出来ない。シンはボックスのすぐ傍《そば》にしゃがみ込み、三人の様子を窺《うかが》った。

全員、うっすらと瞼が開いているが、その目には何も映っていない。

誰ひとりとして、生きていないことが理解できた。

上の二人の重量に負けたのか、不意にリュウセイの身体が下に動いた。

ガラスにくっついた頬の皮膚がずるりと崩れ、剝げていった。

皮と共に脂肪層ごと持って行かれたのか、赤い筋繊維部分が露《あらわ》わになる。

そこには、ふやけた米粒のようなものや、赤黒いひじきのようなものが蠢《うごめ》いていた。呆《ぼう》然《ぜん》と眺めていると、ポロポロと零《こぼ》れ始める。

ボックスの床でのたうつそれは、水中で死肉を食い散らかす得体の知れない虫や、蛆だった。


「……第一発見者が俺だから、さっきまでこってりケーサツにしぼられて」

シンが大きなため息をつく。

私は内心、血の気が引く思いをしていた。地上で溺れ死ぬ。最近聞いたばかりの死因。

「なんかケーサツ曰《いわ》く、〈三人は長い時間水中で放置されていたようだ〉とかなんとか。俺の証言と食い違うって。そもそも電話ボックスで水死なんて考えられないんだ、って。だからめっちゃ疑われましたよ」

俺、何もしてないのにと愚痴が続く。

「それに、三人とも死んでからケツの穴が開いちゃっていたみたいで。その中に鰻《うなぎ》が這入《はい》り込んでいたってケーサツが教えてくれました。川とか湖、ダム湖の水死体にはよくあるって言ってたけど、マジ、キモい話でした。でも〈だから、死亡後かなり時間が経っている事が分かるんだ。おかしいだろう?〉って。もっと攻められる口実にされてましたけど」

シンはひとしきり話すと満足したようだった。あまり寝てないから、もう帰ると彼はその場を後にした。

（……電話ボックスで、溺死）

厭な話を思い出した。今回の件と無関係とは思えない。

車が橋を渡りきる。件《くだん》の電話ボックスの前を通りがかった。その途端、ねっとりと濡れた手の感触が右側に広がる。

ショックでついボックスの方を見てしまった。思わず急ブレーキを掛ける。

「ＫＥＥＰ ＯＵＴ 立ち入り禁止」の黄色いテープが巻かれたボックスの脇に、三人の男性が項垂《うなだ》れた様子《ようす》で佇《たたず》んでいる。

全員、見覚えがある。ヒロ、リュウセイ、ユウジ。シンの話に出てきた、悠真の友人たち。

動悸《どうき》が激しくなる。

突然、三人がこちらに駆け寄って来た。

私はアクセルを思い切り踏み込んだ。タイヤが鳴り響く。

車を走らせながら、ルームミラーに目をやる。後ろには誰もいない。

念のため、後方を振り返る。

我が目を疑った。

リアウインドウの向こう、車体のすぐ横から三つの人影が滑り込んでくるのがミラー越しに見えた。

ヒロ、リュウセイ、ユウジ。あの三人だった。

速度はすでに五十キロを越えている。とうてい人間が走って追いつける速さではない。

更に加速する。メーターは六十以上を指し示す。

それでも彼らは付いてくる。

両の腕を一切振ることがない、不自然な走り方で。

アクセルを踏む右足に力を込める。三人は徐々に小さくなり、遠ざかっていく。

気がつくと、私の実家がある街に入っていた。

三人の姿は消えている。追ってくる気配はない。振り切ったのだ。

アクセルを緩め、少しだけ息をつく。前方に、高圧送電線の鉄塔が姿を現した。

明菜が飛び降りた、あの鉄塔だ。

青空をバックに、今日も変わらない姿で立っている。家までもう少しだ。

ただ、どうしても後方が気になる。何度もミラーを覗《のぞ》き、後ろを振り返った。何もない。何も来ていない。

塔の真横を通り抜ける。

そのとき、フロントガラスの上の方が、影が射したように少し暗くなった。と思った瞬間、フロントウインドウに、どすん、と大きな何かが落ちてきた。

急ブレーキを踏む。車体が右に流れ、住宅の方へ突っ込む寸前で止まった。

目を閉じ、ハンドルを握る両腕の間に顔を伏せる。

今、硝子《がらす》越しに見えたのは――。

(人だった)

それも知っている人だ。

(明菜ちゃん)

落ちてきた明菜は、私に何か言いたげな顔をしていた。

（……お願い。もう消えていて）
恐る恐る顔を上げる。願いが届いたのか、彼女の姿はどこにもない。
素早く周りを確認し、車を発進させる。
が、しかし。
背後から、生温《なまぬる》い、湿った幾つかの手の感触が私の背中を撫《な》で回す。
そっとルームミラーを見やった。
後部座席に、リュウセイ、ヒロ、ユウジの三人の姿がある。
腐敗した顔で、鏡の中から私を睨み付けている。
咄嗟《とっさ》に顔を背けたとき、目の端に何かが映った。助手席に座る、誰か。
明菜だった。
水と泥で汚れた顔で、じっと私を見詰めている。
ハンドルから手が離れない。アクセルを踏む足が外れない。
私はパニックに陥った。自分の手足が自由にならない。
車を停めて外に逃げ出したいのに、それすらままならない。
車は、私と四人の亡者を乗せて、ただひたすらに走り続ける——。

第二十二章　小箱　──奏

気がつくと、私は暗がりの中にいた。

自分の車でハンドルを握っている。全身に鈍い痛みがあった。ずっと筋肉を緊張させ続けた後のようだ。満タン近かった燃料は、半分以下を表示している。

（……私、何時間、走っていたの。……アイツらは⁉）

車内を見回す。助手席にも、後部座席にも何の姿もない。

全身から力が抜ける。

外を見れば、実家前に停車していたようだ。

車を降り、振り返ったとたん、身体が固まった。

家を囲む壁一面に、酷《ひど》い落書きが並んでいたからだ。

〈呪われた一家〉〈汚れた血〉〈この町の黒れきし〉〈犬殺し〉〈クズ家族〉……。

ご丁寧に、白い壁には赤いスプレー、濃い茶色の部分には白いスプレーが使ってある。

足下には、ゴミが撒《ま》き散らかされていた。

（お母さん。お母さんは？　……お父さんは？）

門扉《もんぴ》を開き、家の中に飛び込む。中は暗く、静まり返っている。

「お母さん！」

母の姿はない。どこへ行ってしまったのだろう。まさか、まだ犬鳴トンネルか。

リビングへ入ると、薄暗い中にひとり座る父の背中が見えた。

彼は両耳を塞ぎ、俯《うつむ》いている。肩が小刻みに震えていた。

あかごはみずに　ながしちゃろ……。
さむかろ　あつかろ……。

母の声であのわらべ歌が聞こえる。

「お母さん……？」

声を辿《たど》って廊下へ出る。背後から怒鳴り声が聞こえた。

「行くなッ！」

父だった。

いねも　できなきゃ　ふたしちゃろ　ふたしちゃろ……。

歌声は浴室から聞こえてくる。
何故《なぜ》か、傷んだ食べ物のような臭いが漂っている。
父の制止を振り切り、私は浴室のドアを開ける。
母はいた。
床に散乱し、腐敗した食べ物の中に、四つん這《ば》いで、歌を歌いながら。

わんこが　ねぇやに　ふたしちゃろ……。
あかごは　みずに　ながしちゃろ……。

母が緩慢な動きでこちらを振り向く。
両手を軽く握り、手首を曲げて、こちらを見上げるように。
虚ろな目はどんよりと濁りながら、獣のような光を湛えている。

いたかろ　こわかろ　はなもさかなきゃ　ふたしちゃろ……。

「お母さん」
米粒だらけの服で、母が唸《うな》り出す。まるで犬のようだ。大きく開けた口には、長く伸びた犬歯が覗《のぞ》いていた。

目の前に置いてあった皿に鼻先を突っ込み、飯を貪る。

私を押しのけるように後ろから現れた父が、母を抱き寄せた。

「綾乃……綾乃……綾乃……！」

まるで、大型犬をしつけているようにしか見えない。

ふいに母の目が、私を捉えた。どこか悲しそうな目だった。

「か、なでぇ……！」

私の名を呼ぶ。

「いぬが　にしむきゃ　おは　ひがしだけど　いぬがしろけりゃ　おも　しろい」

明菜と同じ台詞を吐き、母が笑った。

「わよねぇ？　……ふふっ、あははっ、ふふふっ、あははは……」

顔中に米粒を貼り付け、獣の前足をまねるように両手を宙に振り上げながら、いつまでも笑い続ける。

その有様に、もう言葉もない。口から出るのは嗚咽《おえつ》だけだ。

私は無理だ。耐えられない。

廊下へ逃げ出し、二階へ続く階段のところまで離れた。それでも母の笑い声と、その名を呼ぶ父の声が木霊《こだま》する。

（何があったの……!?　私が知らないうちに、何が……）

身体から力が抜けていく。言いようのない虚脱感に襲われた。でも、私は。

気持ちを奮い立たせ、階段を登る。康太の部屋の、ジオラマを思い出したのだ。

それを見たからといって、何が変わるわけもない。それでも足が勝手に動く。

康太の部屋にはもちろん誰もいない。

壁に付けられたライトのスイッチを入れ、丹精を込めたジオラマを見下ろす。

（あの子、もうやめるって言っていた）

机の前の椅子に目を向ける。いつも座っていた弟の姿はそこにはない。

（最後、あそこに座っていたのは……）

思い出した。

彼はあの椅子の上で、小箱を振っていた。カタカタ音が鳴る小箱を。

〈これが呪われた電話ボックスで、この赤い橋が……〉

まさか。

私はジオラマの上から電話ボックスを手に取った。振ると、やはり中から音が聞こえる。

底蓋を開けると、ＳＤカードが出てきた。

（これ、もしかしたら）

康太のパソコンを立ち上げ、カードを挿入する。

中に入っていたのは映像ファイルだ。

再生すると、電話ボックスに近づいていく明菜の姿が始まる。

犬鳴川に掛かる赤い橋近くの、あのボックスだ。

（まさか、犬鳴トンネルに行く前？）

『犬鳴川にやってまいりました。そしてこちら！　午前二時に電話が鳴ると噂《うわさ》の電話ボックスです！』

オーバーアクションで、明菜がボックスを紹介している。

『もうちょっと、もうちょっと』

『鳴んねーよ！』

悠真の声だ。

『絶対鳴るって！　三……二……』

明菜がスマートフォンをカメラに向ける。待ち受け画面は、彼女と悠真だ。

『……一！　二時になりました！』

映像にブロックノイズが入り始める。

『鳴んねーじゃん、ほらぁ』

『……鳴んないね。嘘だったのかな？』

『あたりめーじゃん』

『でも、もうちょっと待とう？　もうちょっと！』

唐突に電話が鳴った。

明菜は少し驚いた後、電話ボックスを見やった。

『おい！　おい！　出ない方がいいって！』

画面の外から明菜の肩を押さえるのは悠真の腕だ。その忠告も聞かず、彼女が電話を取る。

『……もしもーし。聞こえますか？』

相手は誰だ？　いや、いるのか？　私はじっと画面を見守る。

『おい』

『ね、聞こえる？　これ？』

『あ？』

明菜には聞こえて、悠真には聞こえないのか。

『あの……今からそちらに向かいます！』

電話を切り、彼女はボックスから出てきた。

『言っちゃった……！』

どういうこと？　この電話に答えると、どうなる？

答えは、ひとつ。この後、悠真と明菜は、犬鳴村へ行くはずだ。

私は動画をそのままにして、康太の部屋を出た。行くべき場所が分かったのだ。
午前二時までに、犬鳴川に掛かる橋の袂《たもと》の電話ボックスへ。
後ろでは、まだ明菜がレポートを続けている。
『本当に電話が鳴りました。それでは、犬鳴村に向かいたいと思います』

第二十三章　電話　――奏

ダム湖と川から吹き上がる冷たい風は、容赦なく体温を奪っていく。

私は今、犬鳴川の橋近くにある、あの赤い電話ボックスの前にいる。

未《いま》だ黄色いテープが貼られており、使用禁止となっているようだ。

スマートフォンに表示されているのは、十一月十三日火曜日の午前一時五十五分の文字。

たった五分が永遠のように感じられる。その間に様々な思いが浮かんでは消えていった。

（あと、五分）

そしてついに午前二時となった。

けたたましいベルの音が辺りに響き渡る。

電話ボックスに張られたテープを引き千切り、受話器を取った。

「もしもし……」

黙って耳を澄ましていると、次第に何かが聞こえ始めた。

水の音。犬の鳴き声。誰のものか分からない呻《うめ》き声。そして、水底から響くような、くぐもった――兄と弟の声。

『……おねぇちゃぁん』

『……かなでぇ』

『たぁすけてぇ……』

彼らは、きっと犬鳴村にいる。そう確信した。

「待ってて」

受話器をフックに掛け、外に出る。脳裏には、あの古い映像が浮かんでいた。犬鳴村の人々。森田源次郎の凶行。檻《おり》の中から突き出される沢山の腕。処理しきれぬ感情が渦巻く中、車のエンジンを掛けた。


山の入り口にあるフェンス前に車を停めて、外へ出る。

頼りない懐中電灯の光の輪が、私の行く先を照らす。

犬鳴トンネルを目指し、緩い登りの道を歩いた。

あと少し。あと少し。ついにトンネルの前に出る。

息を呑《の》んだ。

兄弟二人を探しに来たときにあった、あの巨大なブロックが全て消え失《う》せていた。

意を決し、先に進む。

トンネル内は、外よりも寒い。吹き込む風と足音が反響し、唸り声のようだ。

背後からいつもの厭《いや》な感覚が襲ってくる。

振り返り、ライトを向ける。

そこにいたのは、あのハンチング帽の青年だった。

「やっぱり、来てくれたんだね」

やっぱり？　この人には分かっていたの？　身構える私の横をすり抜けて、彼が言う。

「君に託したいものがある」

「え？」

何を託したいの？　それすら教えずに、青年はひとり大股で進んでいく。

私は慌てて追いかけた。


鬱蒼《うっそう》と茂った木々の間を進む。

何かが落ちている。

色褪《いろあ》せた赤地に、白い文字の看板だ。

〈コノ先、日本國憲法、通用セズ〉

急に周りが気になり、懐中電灯を四方へ照らしたが、何もない。

その間にも、彼は前に進んでいる。追うしかない。

道は徐々に下りへと変わっていく。どれほど進んだ頃だろう。突如、見窄《みすぼ》らしい木造の小屋が幾つも姿を現した。どれも長い間、人の手が入っていないらしく荒れ果てている。中には倒れたまま放置された家屋が何軒もあった。

ああ、そうか。ここが――。

「犬……鳴村？」

青年が頷《うなず》き、再び歩き出す。

私は地面に横たわる人間を何体も見つけた。無残な姿だ。誰も生きていないことは一目瞭然だった。

中には下腹が異様なほど突き出た女性の遺体もある。とても正視に耐えない。

「……どう……して？」

「電力会社の差し金だ……連中は全てなかったことにしようと……」

ああ、そうか。ダム建設に、犬鳴村の人たちが邪魔だったのだ。

あの映像に残された、許されざる行為はそのためのもの。

青年が言う。

「ここはもうすぐダムに沈む。地図から消されてしまうんだ」

祖父が言っていた〈犬鳴村はダムの底に沈んだ〉という言葉は、完成させたダムに強制的に水を満たし、地図上から犬鳴村を消し去る行為のことだったのか。

唐突に明菜の絵と山野辺の言葉を思い出す。そして、彼らの、いや、悠真の友人たちを含めた全員の死に様は、地上での溺死だったという事実にも。

（ああ、そうか。だからなのか）

気づいた真実に吐き気を覚えながら、村の中を進む。暗がりで何かが動いていた。ライトを向けると、そこには一頭の野犬の姿があった。

村人の骸《むくろ》の耳の辺りを喰《く》い漁っている。

犬が顔を上げた。口には耳の付いた大きな皮膚片がぶら下がっている。

悲鳴を飲み込む私の横から、青年が飛び出す。

「やめろッ！」

犬は鎖を引きずりながら逃げていった。だがそれは、人を恐れてという風ではない。すでに食べるものは頂いたから、用はもうないのだ、という図太さが漂っていた。

青年が犬を追い立てる。

その先には簡素な鳥居があった。その足下、柱の左右に男女が縛り付けられ、絶命している。あのフィルムの中で見た二人に違いない。

彼は二人の姿を物憂げに見詰めている。遠い過去を思い出すような目で。

第二十四章　過去　――健司

剛雄《たけお》さん……伽耶子《かやこ》さん。

柱に縛り付けられた二つの遺体を見詰め、僕は、遠い過去を思い出していた。

昭和二十四年。犬鳴村を訪れてからのことを。


地元の名士である森田源次郎氏から、八ミリカメラのカメラマンとして雇われた僕の仕事は、ダム建設の記録とのことだった。

犬鳴村は、周辺地域との交流が活発ではない。謎めいたところも多く、僕は少しばかり興奮していた。自分の目で確かめられるめったにない機会だからだ。

撮影初日は、森田氏を先頭に、役場のお偉いさんたちやダム工事の責任者、作業員が村を訪れた。視察という名目だった。

重い機材を担ぎ、犬鳴村に通じる隧道《ずいどう》を目指す。その途中で、森田氏が僕に話しかけて来た内容をはっきりと覚えている。

「おい、キミィ……えー、なり、なり……」

成宮健司《なりみやけんじ》ですと教える。さっきも同じ会話をしたのだが。

「なりみやけんじ、ね。分かった。若いな？　何歳だ？」

二十二になったと答えると、ふん、と鼻で笑う。

「儂《わし》の息子と同い歳だな。ずいぶん違うもんだ」

何がどう違うのか、相手は言わない。それが余計に厭《いや》な気持ちを助長させる。

「まあ、きちんと撮影しろよ。それが君の仕事なんだからな」

背中の荷物が少し重くなったような気がした。


隧道を抜けると今度は鬱蒼《うっそう》と木々が茂った場所に出る。

外部と隔絶した世界だ。獣道に毛の生えたような山道を下りながら、そう感じてしまう。

どれ程歩いたか。木々の切れ間から、木造の建物が見えてきた。

ここが犬鳴村か。

村民はみな、明治時代の農民のような服を身につけている。

男は短めの粗末な着物に、股引《ももひき》。女も似たような着物姿だ。

男たちの手には竹槍《たけやり》や棍棒《こんぼう》、女たちは包丁や鉈《なた》、鋏《はさみ》を握っていた。

広場には大きな鉄鍋が火に掛かっており、中で何かがグツグツと音を立てている。鍋から上がる湯気を風が運んできたが、少しだけ気分が悪くなる。獣肉が煮える匂いに、前に飼っていた犬の体臭に似たものが混ざっていたからだ。

この村は、野犬を獲《と》って肉を食べ、皮を加工して生業《なりわい》としていたのだと思い出す。事前に知っていたため、衝撃はそれほどでもない。代わりにと言っては何だが、正直凄《すご》いなと感嘆してしまう。

野犬は町中の飼い犬とは全く違う。人間のひとりや二人、簡単に嚙《か》み殺せるほどの獰猛《どうもう》さを持つ。山に分け入ったとき、野犬に襲われ重傷を負った、亡くなったという話も少なくない。

そんな野犬を日々狩るのだから、犬鳴村の人々の狩猟技術は恐ろしいほど研ぎ澄まされているのだろう。

「おーい」

遠くから、野太い声が聞こえてきた。

僕らの一団を物珍しそうに見ている村民を掻《か》き分けて、ひとりの男がやって来る。年齢は三十半ばくらいか。木訥《ぼくとつ》そうな顔立ちだ。

「おう、君か」

森田氏が僕を押しのけて、前に進み出た。

「森田さん、今日はありがとうございます」

頭を下げた男は、この村の代表を務める籠井剛雄と名乗った。

その日から僕は、犬鳴村の生活を撮影し始めた。

彼らが野犬を〈追い込み猟〉で仕留める姿や、持ち帰る姿。

犬を解体し、あっという間に肉と骨、皮に分けてしまう女性の手腕。

内臓は内臓で使い道があるのだと桶《おけ》から取り出して笑う彼らから、昔からこうやって生きてきたのだという自負が滲《にじ》み出ていた。

かと思えば、今の時代、あまり珍しくもない品物に興奮する彼らの様子は、やはりこの村の特殊性をまざまざと見せつけてくる。

例えば、茶や酒、煙草の嗜好品《しこうひん》。更に塩、砂糖、醤油《しょうゆ》、味噌《みそ》などの調味料は貴重品として喜ばれた。

また電気が来ていないので、ランプ用の油も価値があった。また、文房具や菓子類は子供や女たちが欲しがって争いが起きることもあった。

「村の連中を手懐《てなず》けるのは簡単なもんだ。物をばらまけばすぐ、尻尾を振る。あいつらが喰《く》ってる犬みたいにな」

森田氏の口振りには閉口するが、確かにその点は否めない。

加えて、彼らは外部の人間を信用しすぎるように感じた。外界との接触が少ないせいか、疑うということを知らない。

カメラを回しつつ、大丈夫かと心配になる。しかし、僕の仕事は記録映像の撮影であり、村民の行動に干渉することではない。ただ延々と撮り続ける他なかった。

ある日、剛雄が僕に話しかけてきたことある。

「成宮さん。うちの村、どうだろうか？」

答えに窮する。彼は何を訊《き》きたいのだろう。

「俺は村の代表だから、たまに、街へ用事に行くんだ。塩とか砂糖、油を買いにな。そのたんびに思うが、うちの村も街みたいに電気が来たほうがいいんじゃないか、って」

電気……？

「森田さんがね、何でもでんりょくかいしゃ？　って人たちと仲がいいらしくてな。その人たちは電気を作っているそうでな。俺らが森田さんに協力したら、その電気を作るなんとか、ってもんが近くに出来るとかなんとか、って言ってたんだ。俺たちも儲《もう》かるって」

ダムのことだろうか。建設予定のダムは水力発電だと聞いていた。

「俺はもっと村をよくしたい。連れ合いと娘に、もっといい暮らしもさせたい」

剛雄が照れ笑いをする。

「俺の連れ合いは、川又から嫁ゴに来たんだ。村の男は村の女に子を産ませすぎたらいけねぇ、って親父も言ってたから、外から連れてきた」

川又はここから少し離れた川沿いの地区を指す。一般的な地名ではなく、俗称である。川が分岐している場所にあるから、川又、だった。

そこも犬鳴村のようにあまり人の出入りがない。一説に寄れば、村そのものが〈まじない〉を生業としており、そこの住人は〈何とか憑《つ》き〉と蔑まれ、毛嫌いされていたと聞く。

「たまたま用事でそこに行って、川又の家の娘に一目惚《ぼ》れしてなぁ。あいつが十五のときだ……。おーい、伽耶子、摩耶《まや》」

遠くで作業をしていた彼の妻と娘がやってきた。

伽耶子は三十を少し過ぎたくらいだろう。村の誰とも顔の系統が違う。整った顔立ちだが、少し地味な雰囲気だ。

その娘である摩耶は、非常に美しい顔立ちをしている。どことなく伽耶子の面影があるから、母親似か。

十五になったばかりだと言うが、年齢より上に見えた。正直な話、この村へやってきたときから一際目立つ彼女の美貌に惹《ひ》かれていたのは否めない。でも、近づいたり話しかけたりすることは恥ずかしくて出来なかった。こうして摩耶が傍《そば》にいるだけで、心臓が高鳴って仕方がない。

他愛もない話を母子と交わす。途中で他の村民に呼ばれ、二人は去って行った。

「顔が赤いなぁ。成宮さん、あンた、摩耶に惚れたか?」

図星を指されてしどろもどろになる。剛雄はカラカラと笑い飛ばした。

「村のもんも、森田さんとこの人たちも、みんな承知さ」

穴があったら入りたい気分になったことは言うまでもない。


記録が進む中、村の神社近くで酒宴を開くことになった。

ダム建設のため、友好を深めるという名目だ。

酒を提供したのは森田氏と、電力会社である筑紫電力である。

筑紫電力から村へ沢山の品物が差し入れられていた。塩、砂糖、嗜好品、生活用品など山のようだ。中には〈筑紫電力〉の名入りの鏡や時計などが混じっていたが、これは自分たちが与えた物だと誇示する意図があると聞いた。

鳥居の前に剛雄と森田たちが集まったところから撮影を始める。

酒宴は村のほとんどの人間が参加し、森田や役場の人間、筑紫電力職員と共に盛り上がった。

酒が呑《の》める者は杯を酌み交わし、呑めない者は菓子や茶を楽しむ。

僕はそっと摩耶へ視線を送った。

彼女はこちらを見て笑っている。そっと、レンズを向けた。

父母に挟まれて微笑む姿も美しく、見惚れてしまう。

この頃、僕は摩耶と人目を忍んでよく会っていた。

年齢も、住む場所も違う。しかし、互いに惹かれ合うのは自然の成り行きだった。摩耶は僕に「私も健司さんと一緒に、見たことがない場所へ行ってみたい」とよく言っていた。そう。僕らはいつか結婚し、街で暮らす夢を見ていたのだ。

将来について話すと恥ずかしそうに彼女は微笑む。その表情がとても好きで、フィルムにそっと収めた。建設の記録だけれども、きっといつの日かこの情景も犬鳴村とダムの思い出になると思いながら。

そんなことを想像している最中、カメラを奪われた。

作業員と村民の男たちだ。彼らは僕と摩耶をくっつけて、レンズ越しに囃《はや》し立てる。照れくさくて仕方がない。

僕はカメラを取り戻すと、使い切ったフィルムを交換した。

喉が渇いたので、お茶でも飲もうと茣蓙《ござ》の上に座る。

「……君、あの子と懇《ねんご》ろなのかい？」

隣の男が話しかけてくる。

山野辺というインテリ肌の青年だった。

医者の家系で、源次郎の息子と同年代と言うから、僕とも近いはずだ。とはいえ、着ているものの上等さから言えば、違う世界の人間に思える。

彼は父親に従い犬鳴村に何度も同行していた。医療関連の補助のためと聞く。

どうも、森田家と山野辺家は昵懇《じっこん》の間柄、であるらしい。

「まあ、あの娘は美しい。君の気持ちも分かるよ。……僕には関係ない話だけれどね」

山野辺が低い声で自嘲する。彼は悲観論者、厭世家《えんせいか》的な雰囲気があった。

「しかし、今日の酒宴も、なかなか乙な物じゃないか」

彼の視線は、少し離れた場所にある鉄鍋と幾つかの丼に注がれている。

「あれ、野犬の肉だろ？　村の連中は旨《うま》そうに喰っているが、僕らは手を付けない。食べたふりをして棄《す》てている。これは僕らと村の人間の関係性を表していると思わないか？」

厭な物言いだった。

「何だい？　不服かい？　だってそうだろう？　僕らはダム建設のために来ているだけだ」

そう言う山野辺の周りには、箸《はし》どころか茶碗ひとつない。彼なりの意思表示か。

「だいたいね、ダム建設なんてのは、森田さんと筑紫電力の癒着から始まっているんだ」

何となく分かっていたが、こうして他者の口から聞くと現実味を帯びる。森田と筑紫電力の言動は確かに怪しかった。

「癒着と言えば、僕の父も似たようなもんでね」

含み笑いの山野辺が、僕の目をじっと見る。まるで嘲るように。

「ダムの次は、筑豊に大病院を建てるんだ。森田さんの肝煎《きもい》り、って体《てい》でね。この地域にもいろいろな科の揃った病院があるべきだ、って。どこぞの議員や市長、土建屋に根回しして、羊羹《ようかん》を配っているんだよ」

羊羹とはなんだと聞けば、心底馬鹿にした顔で、彼は教えてくれた。

「羊羹一本は札束ひとつさ。賄賂《わいろ》だよ、袖の下、鼻薬を嗅がせるってやつ」

世の中はそんなものだ、と理解は出来る。しかし、愉快な話ではない。

僕の表情を横目で盗み見ながら、彼は話し続ける。

「その大病院の初代院長に予定されているのは、僕の父さ」

それによって森田に何の利点があるのか。僕の頭では答えが出ない。正直に訊《たず》ねる。森田が金をばらまき、病院を建て、山野辺の父を院長に据えるのは何故《なぜ》だ？　と。

「……そりゃ、医者にしか出来ないことで、森田さんに恩返しするんだよ。例えば、検視の所見を彼に有利にしたり、薬品を融通したり、とかね」

父が死んだら、今度は僕が院長になるのかも知れないが、それはちょっと面倒だ。だから僕は院長じゃない立場で、甘い汁だけを吸わせて貰《もら》う、と山野辺は乾いた笑い声を上げた。

「それに……おっと。これ以上は黙っておくよ。僕もまだ人生を楽しみたいし。しかし、仕事とは言え、よくこんなところへ。君も奇特な人だ。加えて、犬殺しの娘を、ね」

含みがある言葉だ。問い詰めても、山野辺は何も答えない。

言いようのない、身体の内部で、小さな波が立つように不安が湧き上がる。
酒宴のざわめきが、遠くに聞こえるような気がした。

第二十五章　凶行　――健司

それからまもなくして、森田たちの凶行が始まった。

まず、村側の隧道《ずいどう》近くに、看板を立てる。

〈コノ先、日本國憲法、通用セズ〉

森田の背後に控える権力者たちの協力を得て、治外法権の村である、と宣言してみせたのだ。

村に入った森田、山野辺親子、筑紫電力の人間が歓迎される中、森田が伝える。

「今日は、いい物を持ってきました。村の大きな家で配りますから、準備が出来たら並んで下さい」

村の一番大きな家は、籠井《かごい》家だ。

森田の言葉に従い、剛雄《たけお》が自宅を明け渡す。

森田たちを、いや、僕らを信じ切っている村人は素直に列を作った。

待っていたのは――焼き印だ。

吹き上がる石炭の炎の中、象形文字の〈犬〉の文字が赤く熱されていく。

電力会社の人間がひとり目の村人を押さえ付け、竹で出来た猿轡《さるぐつわ》を嚙《か》ませた。建物の外にいる人間にはそれが見えないよう、衝立で隠してある。

手慣れた行動に、彼らがただの電力会社の人間ではないことに今さらながら気づく。こういう荒事を生業としている連中にしか思えない。

僕はもうカメラを回せないと、森田に言った。それにこんなことはやめろ、とも。

彼は笑顔でこう答えた。

「やめてもいいぞ。代わりに、お前と、お前の親、そして……摩耶《まや》とかいう娘がどうなるかなぁ？　儂《わし》がどういう立場の人間か、知っているだろう？」

卑怯《ひきょう》だぞと食って掛かっても、森田からすれば負け犬の遠吠《とおぼ》えにも感じないだろう。どう足掻《あが》いても、逆らえない。

摩耶たちを護《まも》るため、僕は心を殺して、撮影を続けることを了承した。

「分かればいい。これから儂が撮れと命令したら、それは全部撮影しろ。ほら、今からだ。それを撮れ。犬の印を付けるところを」

怒りで震える手で、僕はカメラを構える。

ひとり目の喉元に焼き印が押しつけられた。

肉の焼ける厭《いや》な臭いが鼻を衝《つ》く。家畜の肉を炙《あぶ》った匂いに少し近くて、でも、どこか違っている。吐き気がこみ上げた。

焼き印を入れられた村民が、裏口からどこかへ連れ出される。

「次」

電力会社を装った人間が冷淡に告げた。

ほとんどの村民に焼き印が押された後、家々の出入り口には象形文字の〈犬〉が書かれた紙が貼られ始めた。犬が住む家だと蔑むためだ。これはある種の弾圧であった。

次に家屋の破壊が始まった。

子供を人質に取られた家主は、呆然《ぼうぜん》と立ち尽くすしかない。

倒された柱や叩き割られた板壁はそのまま放置され、見せしめにされる。

逆らう者は容赦ない肉体的制裁を受けた。

次第に村民は従順な奴隷と化していく。

唯一、焼き印を逃れたのは、村の代表、籠井の家だけだ。

森田曰《いわ》く「籠井は一応村の代表だから、特別な扱いとする。村の人間をまとめて、儂らの命令を聞かせる仕事をやらせるのだから、それくらいの褒美があっていいだろう」という名目であったが、本当にそれだけなのか分からない。

が、あるとき、剛雄が森田に反旗をひるがえした。

だが抵抗むなしく、一家は神社の鳥居の足下に縛り付けられてしまった。

向かって右に、剛雄。左に、伽耶子。

鳥居の横にある岩の傍《そば》に、摩耶が転がされている。

「おおいッ。なり……なり何とか！　ここもちゃんと撮れ！」

未《いま》だ僕の名前を覚えていない森田に命じられる。

言うとおりにカメラを構える僕を、剛雄たちはなんと思うのだろう。

撮影が始まると、一家は野犬をけしかけられた。大声で叫び、身を捩って避けようとする。

「森田ァ！　あンた、何だって、こんなことをッ！」

怒り狂う剛雄を無視し、森田は伽耶子に拳銃を突きつけながら冷酷な口調で答える。

「お前らはもう、日本國の人間じゃァないんだ。犬畜生と同じなんだよ。それにここら一帯の山は儂の物だ。だから、儂らが自分の土地に住み着く犬どもをどう扱っても、何の問題もない。なぁ……？」

剛雄の言葉にならない怒号が響く。その横には、笑顔の消えた摩耶がいた。

彼女はもう、僕の方を見ようともしない。紙のように白い顔で耐え続けている。

そのとき、僕の中で何かが切れた。

こんなことは許されない、森田、あンたこそ、人間じゃない、獣《けだもの》だ、と叫んだ。

森田が振り返り、僕に向かって掴《つか》み掛かってくる。

揉《も》み合う中、周りから押さえ付けられた。多勢に無勢で、もう何も出来ない。

地面に這《は》いつくばる僕に、森田が吐き捨てるように言う。

「犬の村なんざ、なかったことにしてしまえばいい。そうしたら、後は何の問題もなく、ダムに出来る。いや、元々こんな村、なかったんだ。なあ?」

森田は大声で笑った。が、その目は笑っていなかった。

見上げる僕の眉間《みけん》に、奴の硬い革靴の爪先がめり込む。

そこで一度意識が飛んだ。

気がつくと、僕は小さな部屋の柱に縛り付けられていた。ずっと持ち歩いていたカメラはもう手元にない。

外からは村民の叫び声と、森田たちの哄笑《こうしょう》が聞こえてくる。

どのくらい時間が経《た》っただろう。

僕は外へ引きずり出され、鳥居の向こうにある拝殿代わりの小屋へ連行された。

途中、鳥居に足下に縛られたまま動かない剛雄と伽耶子の姿を見つける。

夕闇の中でがっくりと首を落としており、表情も安否も分からなかった。

小屋の中は窓という窓が閉ざされ、ランプが点《つ》けられている。

土間に幾つか木製の檻《おり》が設えられ、中に満身創痍《そうい》の村民が詰め込まれていた。

傷だらけの腕をこちらに向けて伸ばし、恨みと嘆きの声が止まらない。

檻の前には藁《わら》が敷かれ、着物を剝《む》かれた状態で後ろ手に縛られた女たちが何人か転がされていた。何度も殴られたのか、顔が腫れ上がっている。犬の嚙み痕もあった。作業員風の男らが、ぐったりした彼女たちを俯《うつぶ》せにし、白い尻を高々と上げさせた。ぬらぬらと濡《ぬ》れた秘所が丸見えだ。思わず目を背ける。

そのとき、土間から一段上がった場所に座る森田と、鎖で繫《つな》がれた野犬が数頭グルグルと歩き回っている姿が目に入った。

「犬共がお待ちかねだぞ。――それ、また愉《たの》しませてやれ」

奴の号令で野犬の鎖が杭《くい》から外された。犬たちが女たちに覆い被《かぶ》さっていく。

「鎖だけは離すな。まだ嚙み殺させちゃ、いけない」

作業服の男たちは森田の命に頷《うなず》き、鎖を引っ張る。

照度の低い灯《あか》りの下で蠢《うごめ》く歪《いびつ》な陰影。女たちのくぐもった叫び声と、野犬どもの唸り、息遣いが続く。檻の中から轟《とどろ》く怒声が土間に満ちた。

「面白い見世物だろう？」

森田が僕に問いかける。カッと頭に血が上り、奴に食って掛かった。しかしすぐに取り押さえられる。

「犬鳴村の女共は犬と交わって、子を成したんだ。穢《けが》れた連中だな」

笑いながら、奴が僕の目の前にしゃがみ込む。

「……約束通り、摩耶って娘は助けてやったぞ」

その視線が中二階を向く。そこには閉じられた粗末な木の扉があった。

複数の影が動いているのが扉の隙間から見える。同時に犬の鳴き声と男たちの下卑《げび》た嗤《わら》い声、そして弱々しい少女の泣き声と悲鳴が漏れ出していた。

「でもまあ、命だけは、だ。綺麗《きれい》な娘だったからな。連中も、犬も愉しんでいたぞ。どいつもこいつも先を争うように。ははっ。あれもいい見世物だった……」

下衆《げす》な笑い顔に、目の前が真っ白になった。その後の記憶は朧《おぼろ》だ。

気がつくと僕はボロボロになって、戸外に投げ出されていた。

暗闇の中、痛む身体で力なく立ち上がる。

鉄のような臭いと、糞尿《ふんにょう》、腐った肉のような悪臭が漂っていた。

次第に目が慣れてくる。次の瞬間、僕は叫んだ。

霞《かす》んだ月明かりの下、事切れた村民たちが転がっていた。

眼球が飛び出すほど叩き潰された頭の男性。

一糸纏《まと》わぬ若い女性は両手足がなく、首に鎖を巻かれた状態で木に吊《つる》されている。

肩口を鉈《なた》か斧《おの》で割られた老人。首が胴体から半分取れかかった老婆。

下腹部を断ち割られた女性。その周りには腹の中身が撒《ま》き散らされたままだ。

近くの板塀には大量の丸い血痕がヌラヌラと光っている。下には土に塗《まみ》れた鞠《まり》のようなものが幾つか転がっていた。しゃがみ込み、恐る恐る手に取る。意外と重く、グニャグニャとした感触が掌《てのひら》に伝わった。それは、頭蓋が砕け、原形を留めない頭部だった。大きさから言えば、幼児だろう。

よく見れば近くには首のない小さな身体が散乱しており、それぞれの手足はあらぬ方向へ向いている。

もう一度、壁を見上げる。まさか、この子たちは頭を切り取られ、ここへ投げつけられたのか……？

無残な頭部を持ったまま立ち上がり、再び周りを見渡す。

どれひとつとして、綺麗な姿の死体はない。

吐き気と目眩《めまい》に襲われる中、僕の頭はあの娘のことで占められていく。

摩耶。彼女はどうなった？

僕は子供の頭を丁寧に地面に置いた。弔いは待っていて欲しいと念じながら。

立ち上がり、全力で走る。荒れ果てた村の中を。摩耶のいた小屋を目指して。

途中、暗がりで何度も躓《つまず》いた。引っかかったのは村民の身体だ。柔らかくも堅い感触が足の裏や爪先に伝わってくる。ごめん、済まない、申し訳ない。謝り続けながら駆けた。

簡素な鳥居の足下にようやく辿《たど》り着く。

そこには縛られたままの剛雄と伽耶子の身体が残されていた。

やはり、二人とも頭《こうべ》を垂れて微動だにしない。

ただ、何故《なぜ》か他の村民より傷みが激しい。まるで何かに喰い千切られたような部分が多く見られる。剛雄の顔は瞼《まぶた》や鼻、唇が失われ、原形を留めていない。伽耶子は長い髪で隠れているので、どうなっているのか分からないが、多分同じ状態だろう。

森田たちがけしかけていた野犬の仕業か。

（なんて残酷なことを！）

新たな怒りと悼む気持ちが綯《な》い交《ま》ぜとなっていく。

僕は叫びながら、鳥居の向こう側にある小屋へ飛び込んだ。

積まれた藁は汚れ、木の檻は沢山の染みがへばり付いている。錆《さ》びた鎖と割れた鏡がそこらに放置されていた。

中二階への扉を開ける。むっとした家畜小屋のような臭いが流れ出す。

そこには繋がれた犬と――項垂《うなだ》れた摩耶がいた。

白かった着物は黒ずみ、下半身には赤茶けた汚れが散っている。細い足首は、鉄輪が付いた鎖で繋がれていた。激しい抵抗をしたのだろう。鉄輪で足首に傷が付き、化膿《かのう》している。ドロドロした膿《うみ》が白い足にへばり付いている。

周りに散乱した皿や食べ物の残骸から、飼育という言葉が浮かぶ。誰かが彼女の世話をしていたのか。いや、そんなに時間は経っていないはずだ。

肩を揺らし、名を呼ぶと、彼女が顔を上げる。

「け、ん、じ、さん」

ああ、僕だ。健司だと抱きしめる。彼女の身体が嗚咽《おえつ》で震え始めた。

ここから助けなくては。しかし、鎖を断つ道具がない。

探している内に気がついた。彼女の下腹が異様に飛び出ている。

僕の目に気づき、摩耶は両手でお腹を隠した。

僕は嬉《うれ》しかった。これは僕の子だという確信があったからだ。それ以外、考えられない。例え、彼女の身に何かが、あんなことがあったとしても、きっと。

僕らの子だねと喜びを口にしても、彼女は何も答えてくれなかった。それに二人が結ばれた日から逆算すると、お腹が大きすぎるようにも感じる。いや、彼女が華奢《きゃしゃ》だから、大きく見えるのだろう。

ありがとう、僕の子だねと、もう一度礼を言うが、彼女は顔を伏せる。

「……健司さん、長い間、どこへ行っていたの？　私、待っていたのに」

長い間？　口振りからすると、一日、二日ではないように聞こえる。おかしなことを言う。僕は目を覚ましてすぐにここへ来たというのに。

近くにいた犬が唸りだした。これは、この女は俺の物だぞと言うように。

僕は一度下の階へ戻った。鉈か斧、他の工具がないか探すが、何もない。

代わりに、フィルムの缶を見つけた。粗編集済みのフィルムを剛雄に保管して貰《もら》っていたことを思い出す。

奴らはフィルムの存在に気がつかなかったのだ。これは森田を失脚させる証拠になる。

しかし、摩耶を連れた逃走となると、かなりの危険を伴う。森田の手の者に見つかったら、これは奪われてしまい、最悪二人、いや、お腹の子共々殺されてしまうだろう。そうなったら全てが闇の中だし、大事な家族を護《まも》れない。

僕はある判断を下した。二階へ行き、摩耶に話す。フィルムを避難させたらすぐに戻る。それまで待っていてくれ、と。

彼女は首を横に振り、一緒に連れて行ってと懇願してきた。

二人で逃げた場合の危険と共に、映像の重要性を話し、説得する。

少しして、彼女は無言で頷いた。理解してくれたようだ。

「……健司さん、待ってる。ちゃんと帰ってきて」

外へ出て行く僕に、彼女は弱々しい声で念を押した。

約束だと答え、フィルムを持って外へ出る。

鳥居を潜《くぐ》ったとき、村の中に沢山の影が蠢くのを目にした。

ゆらゆら力なく歩くそれらは、全て見覚えがある姿だった。

僕が毎日のようにフィルムに収めた馴染《なじ》みの人たち——犬鳴村の人たちだ。

（貴方《あなた》たちの無念は、きっと僕が）

フィルムが入った缶を握る両手に力が入る。と、同時に、どこからともなくわらべ歌が聞こえてきた。

くさかろ　わるかろ　こめこもできなきゃ
ふたしちゃろ　ふたしちゃろ
わんこが　ねえやに　ふたしちゃろ
あかごは　みずに　ながしちゃろ
さむかろ　あつかろ　いねもできなきゃ
ふたしちゃろ　ふたしちゃろ
わんこが　ねぇやに　ふたしちゃろ
あかごは　みずに　ながしちゃろ
いたかろ　こわかろ　はなもさかなきゃ
ふたしちゃろ　ふたしちゃろ
わんこが　ねぇやに　ふたしちゃろ
あかごは　みずに　ながしちゃろ

高い声、低い声、幼い声。沢山の人間の声だ。
まちまちな音程のせいか、耳の奥で共鳴するかのようにウワンウワンと鳴り響く。喧《やかま》しい。思わず耳を塞ぎ、瞼を閉じた。

くさかろ　わるかろ　こめこもできなきゃ
ふたしちゃろ　ふたしちゃろ
わんこが　ねえやに　ふたしちゃろ
あかごは　みずに　ながしちゃろ
さむかろ　あつかろ　いねもできなきゃ
ふたしちゃろ　ふたしちゃろ
わんこが　ねぇやに　ふたしちゃろ
あかごは　みずに　ながしちゃろ
いたかろ　こわかろ　はなもさかなきゃ
ふたしちゃろ　ふたしちゃろ
わんこが　ねぇやに　ふたしちゃろ
あかごは　みずに　ながしちゃろ

それでも歌はすぐ傍で、いや、僕を囲むように続く。

耳から手を離し、目を開ける。周囲は村民たちで埋め尽くされていた。

彼らの口が、微《かす》かに動いている。それに合わせて、旋律が揺らぐ。

嗚呼《ああ》、これは彼らが歌っているのだ。

〈ネエヤ ニ フタ シチャロ ワンコ ガ ネエヤ ニ フタシチャロ〉

呆然と立ち尽くす僕の耳に、幼い歌声が一際大きく響いた。

下の方から。丁度、腹の辺りに持った、フィルム缶の辺りから聞こえてくる。

思わず、視線を落としてしまう。

手に持っていたはずのフィルム缶は、あの、土に塗れたグズグズの幼児の頭部に変っていた。

クチャ、という濡《ぬ》れた音と共に、その口が大きく開く。

伸びた犬歯の奥から、犬の唸り声が漏れ出した。

思わず投げ棄《す》てると、カツン、と硬い音が聞こえた。

頭ではなく、フィルムの缶が地面に転がっている。

気がつくと、ひとっ子ひとり誰もいない。あるのは、人間の尊厳を踏みにじられた犬鳴村住民の死体の山だけだ。

気がつくと、至る所に無数の鬼火が浮かんでいた。

青とも、緑とも、紫とも、赤とも言えない、心をざわつかせる色をした炎は、村と死体を薄ぼんやりと照らしている。

無言でフィルムを拾い、僕は走りだす。夜の犬鳴村を駆け抜ける。

後ろからまたあの歌が追いかけてくる。

くさかろ　わるかろ　こめこもできなきゃ
ふたしちゃろ　ふたしちゃろ
わんこが　ねえやに　ふたしちゃろ
あかごは　みずに　ながしちゃろ
さむかろ　あつかろ　いねもできなきゃ
ふたしちゃろ　ふたしちゃろ
わんこが　ねぇやに　ふたしちゃろ
あかごは　みずに　ながしちゃろ
いたかろ　こわかろ　はなもさかなきゃ
ふたしちゃろ　ふたしちゃろ
わんこが　ねぇやに　ふたしちゃろ
あかごは　みずに　ながしちゃろ

渦巻くように、わらべ歌は辺り一帯に満ちる。この村を何かの器にするように。

嗚呼。そうか、これは、呪歌《まじないうた》、呪い歌だ。

僕の耳にはそうとしか聞こえない。止めどなく溢《あふ》れる怨嗟《えんさ》が歌の形を取っている。犬鳴村に住んでいた彼らが、彼らを殺した連中を、そしてこの村を、呪詛《じゅそ》する歌。

この村は、死した彼らの怨念が渦巻く坩堝《るつぼ》と化したのだ——。

くさかろ　わるかろ　こめこもできなきゃ
ふたしちゃろ　ふたしちゃろ
わんこが　ねえやに　ふたしちゃろ
あかごは　みずに　ながしちゃろ
さむかろ　あつかろ　いねもできなきゃ
ふたしちゃろ　ふたしちゃろ
わんこが　ねぇやに　ふたしちゃろ
あかごは　みずに　ながしちゃろ
いたかろ　こわかろ　はなもさかなきゃ
ふたしちゃろ　ふたしちゃろ

わんこが　ねぇやに　ふたしちゃろ
あかごは　みずに　ながしちゃろ

歌声を背負ったまま隧道を抜け、山を下りた。何度も通った道。暗くてもなんとか分かる。

ただ、麓近くに見知らぬものが出来ていた。金網の出入り口だ。

いつの間にこんなものが作られたのだろう。森田の仕業だろうか。

道を進んでいくと、やけに明るい。路肩に立派な照明が一定の間隔で立てられている。

これも覚えがない。

気がつくと、わらべ歌はやんでいた。

そのまま進み、大きな建物を見つけた。

郷土資料館とあった。開いていた窓を見つけ、中へ這入《はい》り込む。

映写室を見つけ、そこへフィルムを隠した。

それからの僕は――。

第二十六章　生命　――奏

二つの遺体から視線を外し、青年は一呼吸置いて鳥居の奥を指さす。

「あの小屋の中だ。……きっと、君の兄弟も」

指の先を辿《たど》ると、一段高い場所に粗末な小屋が建っていた。

（君の兄弟……も？　悠真と康太の他に、誰かいるの？）

質問する間もなく、彼は脇目も振らずに坂を上っていく。必死に付いていく他ない。

小屋に入った瞬間、悪臭で鼻がつんとなる。

家畜小屋、そして洗っていない犬の臭い、そこへ腐臭を混ぜ込んだような、目や鼻の粘膜を直接冒してくるような臭気だ。

懐中電灯の頼りない光で内部を照らす。映像にあった木の檻《おり》と鎖が目に入った。

使われた痕跡に、無意識に目を反らす。

その瞬間、突然背後から引っ張られた。

後ろから羽交《はが》い締《じ》めにされ、口元を手で押さえられる。

必死で抵抗しようとしたとき、知っている声が聞こえた。

手が緩む。振り返ると、背後の檻の中に兄の姿があった。

「お兄ちゃん！」

大声で叫ぶと、悠真が自分の口に人差し指を当てた。

「静かにッ！」

青年が言うとおり、兄はここに捕まっていたのだ。慌てて檻を開けようとするが、びくともしない。

「……奏、奏……」

兄の後ろに康太が隠れていた。二人とも何かに見つからないように、声を潜めている。

「姉ちゃん……こっち」

弟の近くに、檻の扉がある。が、丈夫そうな金具と錠前で鍵が掛かっていた。

「康太……ッ！　大丈夫？」

悠真の視線の先を見ていると、青年が上を見上げているのに気づいた。

「奏、奏……。奥に、鍵が」

兄を制して、私もそちらに顔を向ける。そこは中二階で、小部屋になっていた。

「……待って」

一体あそこには何があるのだろう？　私の兄弟以外の誰かがいるのだろうか。

奥へ向かう青年の後を付いていく。

そこには一際大きな檻があった。

中には一頭の野犬が眠っている。檻の奥の壁に鍵が掛けられていた。

(鍵の番犬なの？)

扉の鎖を、音を立てないように外していく。犬は気づいていない。扉を開き、中へ入る。

足下の犬を起こさないように、そっと鍵を取った。

出て行こうとしたとき、青年が呼び止める。

「おい。こっちだ」

彼は階段を上り、中二階の戸を開けるところだった。

(早く、悠真たちを助けたいのに)

ちらりと彼らの方を一瞥《いちべつ》する。しかし、行かねばならない。

軋《きし》む階段を一歩一歩踏み、上へ上がる。

小屋の中を覗《のぞ》いた私は、言葉を失った。

(赤ん……坊？)

しゃがむ青年の視線の先に、生まれ落ちたばかりの赤ん坊がいた。

傍《そば》には長い黒髪の少女が横たわっている。両脚の間から伸びた臍《へそ》の緒が、赤ん坊に繋《つな》がったままになっていた。周りには夥《おびただ》しい血が流れ、床を赤く汚している。

少女は荒い息を吐き苦しそうだ。意識がないのか、こちらに気づいていない。

様子を窺《うかが》っている途中、私はハッと息を呑《の》んだ。

（この人……！）

赤ん坊を産み落としたのは、あのフィルムの中の美しく可憐《かれん》な少女だった。

汚れた顔と乱れた髪のせいで、すぐには分からなかった。

白っぽい着物の裾は捲《まく》り上げられ、傷だらけの細い足が覗いている。片足は鉄輪と鎖で繋がれ、自由を奪われていた。

青年の言葉を思い出す。

〈ヤツは村の娘を無理やり閉じ込め、犬と交わっていると言いふらした〉

まさか。下で寝ている野犬を照らす。

「そんな」

だとしたら、この赤ん坊の父親は？　……いや、そんなことはない。人間と犬の間に、子が成せる訳がないのだ。だとしたら――。

青年が両手で臍《へそ》の緒を摑《つか》み、自らの歯で嚙《か》み千切ると、血塗《ちまみ》れの顔を手で拭う。

それから赤ん坊を抱き上げ、私に差し出した。

「……連れて行け」

押し殺した声の中に、固い決意が浮かんでいる。

「この子を、連れて行け」

彼は近くにあった白い布を赤ん坊に巻き付け、私の腕の中に押しつける。

「でも」

「いいから行け」

行け、と言われても、どうしたらいいのか分からない。

「……わたしの、赤ちゃん」

苦しげな息の下から、少女が訴える。

「摩耶……！」

青年が彼女に向けて、その名を呼んだ。

(まや、って言うの、この人)

摩耶が、か細い声で再び訴える。

「健……司さん、健司……さん……私の、赤ちゃんを返して……」

「摩耶、君には無理なんだ……！」

青年の名が、けんじ、ということを初めて知った。

しかし、何故《なぜ》無理なのか。身体のせいか。それとも、別に理由があるのか。

摩耶が無理矢理身体を起こし、私に向かって来る。青年が押さえる度に、足の鎖がガチャガチャと鳴った。

「早く行け！」

摩耶を抱きしめながら、健司が私に向かって話し続ける。

「頼む……この村が沈む前に、その子だけでも」

「でも！」

「君しか、いないんだッ！」

彼の腕の中で、摩耶が足掻《あが》く。

「私の赤ちゃん！」

「摩耶ッ、摩耶ッ！　駄目だ！　お前には育てられないんだッ！」

いつの間にか野犬が目を覚まし、吠《ほ》えている。

「いいから、行けッ！」

「返して！　返して！　返して！　返してーッ！」

健司の願いに押され、階下へ急ぐ。摩耶の叫びに後ろ髪を引かれながら。

階段を降りきると野犬が襲いかかってくる。咄嗟《とっさ》に檻の扉を足で蹴って、閉じ込めた。

「お兄ちゃん！　鍵！」

悠真に鍵を渡す。

「その子は!?」

「いいから早くッ！」

薄暗い中、鍵がなかなか開かない。私は康太に懐中電灯を渡した。

「康太、持って！」

悠真が焦りながら康太に指示する。

「康太、照らして！」

上の小屋の格子越しに、摩耶と青年の叫び声が響き渡る。

「返してーッ！」

「俺たちの子を頼む！　行けーッ！」

鍵が開き、檻から二人が出てきた。

「その子が村人みんなの望みなんだ！」

私も、悠真も、康太も、健司の必死な叫びに振り返る。

「村の血を、絶やさないでくれーッ！」

決死の願いを背中に受けて、私たちは外へ逃げ出す。

背後ではまだ二人の叫びが続いている。

何かに呼応するように、どこからともなく野犬たちの遠吠えが始まった。


死体の転がる村の中を走る。

早く。もっと早く。この村を出なくては。悠真も、懐中電灯を持った康太も必死だ。

村の出口が見えた。あそこを越えたら、今度はトンネルまでの下りになる。

何も追いかけてこない。

何とかトンネルまで辿り着いた。

「早く！　早く！」

「分かってる！」

急《せ》かす私に、悠真がキレたような口調で返してくる。

トンネル内部へ入ったとき、康太が遅れ始めた。

「ちょっ、ちょっと待って……」

膝に手をついて身体を折り曲げ、大きく肩で息をしている。大人の足に付いて行くのにかなりの無理をしていたのだろう。

ここまで来れば、あとは大丈夫かも知れない。そっと弟に近づこうと思ったときだった。

康太の背後、犬鳴村側の出口から、水音のようなものが聞こえた。

それは一定の間隔を伴い、繰り返される。

（何……？）

トンネルの向こうへ目を凝らす。

健司が立っていた。

彼が進む度、水音が鳴る。

その姿を見た康太は、その場から固まったように動かない。

「康太！」

「ちょっと！　行くよ！」

弟に駆け寄った私と悠真は、健司に目を向けた。

(何か変だ)

様子がおかしい。

その足は地に着いておらず、爪先が伸びたまま、宙に浮いている。手足をぶらぶらさせながら、こちらに向かって近づいてくる。

「に……げろ……」

そう言うと、彼は前のめりに地面へ崩れ落ちた。

その後ろには――摩耶が立っている。

彼女が健司を持ち上げていたのだ。

摩耶の顔つきはさっきと違い、険しい表情に変わっている。

獣のような動きと共に、鼻を鳴らし、獰猛《どうもう》な犬のような唸《うな》り声を上げ始める。

私も、悠真も、康太も、蛇に睨まれた蛙《かえる》のように身体が動かない。

そのとき、トンネルの両側の暗がりから、人の集団が姿を現した。

その中に、見知った顔があった。明菜、悠真の友人たち、山野辺、そして曾祖父――。

犬鳴村の呪いで命を落とした者たちだった。

耳が尖《とが》り出した摩耶の後ろに控えるように、死者がずらりと並ぶ。

いつしか、その背後に底知れぬ闇が広がり始めていた。

「明菜」

悠真の口から恋人の名が漏れる。反応したかのように、変わり果てた姿の彼女が前に進み出た。その目はある一点を見詰めて動かない。

それは、私が抱く赤ん坊。

「——明菜……この子は、俺たちの子じゃない！」

悠真の悲痛な叫びに明菜が足を止める。俺たちの子？　そうか。もしかしたら。私が悟った瞬間、赤ん坊が鳴き声を上げ始める。

目の前で、摩耶が大きく震え出す。錯乱しているのか。その表情は苦しみそのものだ。

突然、明菜や他の呪われた犠牲者たちが霧散した。後ろに広がる闇に溶けるように。

摩耶の大きく広がった口から犬歯が覗く。涎《よだれ》を垂らしながら、身を捩《よじ》る。

その後ろから、あの青年がそっと摩耶の身体を引き留めるように抱きしめた。

「摩耶、いけない……ッ！」

腕を振り払おうと、彼女が暴れる。彼は力を込めて、少しずつ後退を始める。

「摩耶、いけない……」

二人の姿が闇に飲み込まれた——その刹那《せつな》、健司の叫び声が響き渡る。

地面に倒れ伏す重たい音が聞こえたかと思うと、何者かが姿を現した。

身体は摩耶。だが、顔が完全に変形している。

肥大した大きな黒目。尖った耳。突き出した口吻《こうふん》と大きく裂けた口から、真っ赤な鮮血がだらだらと零《こぼ》れる。

不意に飛び回ったかと思えば、四つん這《ば》いになり、攻撃の体勢を見せた。

更に二本の足で立ち、こちらを威嚇してくる。

彼女は、浅ましい犬のような姿――犬人《いぬびと》と化していた。

まるで犬鳴村の怨念、呪詛《じゅそ》の全てが凝《こご》ったような禍々《まがまが》しさを漂わせて。

その目は私たちを完全に獲物として捉えている。

(駄目だ。もう、駄目だ)

私が諦めそうになったとき、右横から誰かが飛び出していった。

兄、悠真だった。

「お兄ちゃん！」

彼は摩耶に真っ正面から組み付き、私たちから遠ざけようとしている。

無防備なその肩に摩耶が喰《く》い付き、あっという間に赤く染められていった。

叫び声を上げながら、悠真がじりじりと摩耶を闇へ押し戻していく。

続いて、闇の中から健司が姿を現した。彼は最後の力を振り絞るように、後ろから最愛の女性の名を呼びながら押さえ込む。

その声も届かないのか、摩耶は獣の声で吠え、猛《たけ》り続けた。

「——奏ッ！」

悠真がこちらを振り返り、叫ぶ。

「奏ッ！　行けッ！」

行けない。厭《いや》だ。悠真を、お兄ちゃんを置いてなんて、行けない。

「行けーッ！」

繰り返す兄に、康太が叫び返す。

「兄ちゃんッ！」

健司は摩耶の頭を抑えながら、悲痛な願いを口にする。

「摩耶、駄目だッ……！　もうやめろ……摩耶ッ！　いけ、ない……！」

彼女は暴れ続ける。もう言葉すら理解できないのか。

悠真との二人がかりでも、もう耐えられない。

——だが、その刹那、摩耶の目が僅《わず》かに人の光を取り戻す。

瞳が捉えているのは、私の腕の中。そう。赤ん坊。彼女の子だ。

「……わ、わたし、の」

摩耶が人間の言葉を取り戻す。

「私の、赤ちゃん……。返してぇッ！ 赤ちゃん！ 私のッ！」

母の、子を求める腕が、私に向けて伸ばされる。

どうすればいい？ この赤ん坊を、私は……。

悠真が幼い弟に命令する。

「康太ッ！ 早くッ！」

喉も張り裂けんばかりに健司が絶叫する。

「行けーッ‼」

私は我に返った。

「康太ッ！」

弟の手を取り、彼ら三人から離れるように走り出す。

私の赤ちゃん！ 私のッ！ 赤ちゃん……ッ！

背後から悲痛な声が反響しながら追いかけてくる。

途中、一度だけ振り返った。だが、そこにはもう真っ黒な闇しかなかった。

弟と二人、トンネルを抜け出す。もう夜が明けている。それでも、まだ背後から摩耶の叫びが轟《とどろ》いていた。

その声は、いつしか犬の遠吠えに変わっていった──。

私と康太は、朝の山道を力なく下っていた。

腕の中の赤ん坊は眠っているのか大人しい。

道が開けてきた。一軒の家が姿を現す。

馴染みの光景に心が緩み、私たちはその場で力尽きた。

遠くなる意識の中で、微《かす》かな声を聞きながら。


――とうちゃん！　大変だ、大変だ！

――隼人《はやと》、何しているんだ？

――赤ん坊！　赤ん坊がいる！　赤ん坊が……。


誰かに揺り起こされ、途切れた意識がぼんやりと戻る。

「なで……！　かなで……！　奏……！」

目を開けると、心配そうな祖父の顔がある。

「おいッ！　どうした！　奏！　康太！　おい！」

冷たい水滴が顔を濡らす。鈍色《にびいろ》の空から雨が降っていた。

すぐ脇には、見覚えのある家。

さっき見たあの家だけれど、とても古くなっている。

表札には、中村隼人 耶英《やえ》 綾乃 と――。


白い部屋で目が覚める。

ベッドの上だ。ああ、そうか。私は祖父に助けて貰《もら》ったのだ。

周りを囲んだカーテンを開けると、隣には康太が眠っていた。

私が見詰めていると、彼も瞼《まぶた》を開ける。

「康太……」

彼は唖然《あぜん》とした顔で周りを見回す。今の状況が信じ難《がた》いとでも言いたげな面持《おもも》ちだ。

「……姉ちゃん、何か……スゲエ、怖い夢、見た……」

そうだね。夢だったらよかったのに。

弟の言葉に私は一瞬微笑み、すぐに兄のことを思い出す。

「お兄ちゃんは⁉」

私の言葉に、康太が応《こた》えた。

「夢の中で、女の化け物から俺たちを助けてくれて……」

ああ、そうだった。兄は健司と共に、私たちを……いや、赤ん坊と三人を護《まも》ってくれた。

それに、あの摩耶は。

「康太。あれは化け物じゃないよ。まやさん」

キョトンとした顔で、彼は鸚鵡返《おうむがえ》しする。

「は？　まや？」

「そう。まや。あの人がいなかったら、私たちは生まれてなかったかもしれない」

そうだ。もし、あの人がいなかったら、何も生まれてこなかった。何も。

第二十七章　身内　――奏

「ご確認下さい」

あれから数日が過ぎた。私は警察病院の遺体解剖室にいる。

検視官がシートを僅《わず》かに捲《めく》った。

そこにあるのは、青ざめた悠真――兄の顔だった。

犬鳴ダムのダム湖に浮いていたところを、訪れていたカップルに発見されたらしい。

付き添いの刑事が、ちらとこちらに視線を向ける。

「はい……兄に間違いありません」

兄が死んだことを認めたくない。でも、ここに横たわるのは、間違いなく悠真だ。同時に、あの一連の事件の記憶が蘇《よみがえ》る。

(動揺を見せてはいけない)

震えそうになる身体を意思の力で抑え込み、刑事の顔を見る。頭を下げた。

「……ご愁傷様です」

形式だけのお悔やみを口にする。

横から検視官がシートを戻そうとした。だが、私はその手を摑《つか》んだ。

「何ですか……それ?」

こちらの視線を辿《たど》り、検視官は察したようだ。

どうするのか、彼は刑事に判断を委ねた。

「森田さん……お兄さんのご遺体、実は、かなり不可解な状態で発見されまして」

私は彼の次の言葉を待つ。

「我々も、どう扱うべきか……と」

察したように検視官が再びシートを戻そうとする。

それを遮り、私は不自然に膨らんだシートに手を掛ける。

検視官たちの邪魔を振り切り、一気に剝がした。

「……!」

膝から崩れ落ちてしまう。刑事たちは直視できない様子で顔を背けた。

悠真の下半身に、二つの遺体が縋《すが》るようにしがみ付いている。

ひとつはハンチング帽に焦げ茶のジャケットの男性。

もうひとつは、着物姿に長い髪の……女性。

比較的綺麗《きれい》な状態の悠真と違い、二人は酷《ひど》く腐乱していた。

(けんじと、まやだ)

私の耳に、遠い過去からの声が届く。

――俺たちの子を頼む！

――私の、赤ちゃんッ。

時を超えた二人の想い、だろうか。

あなたたち二人が存在した証《あかし》は、ちゃんとあるべき場所へ連れて行ったよ。

だから、安心してね、と私は心の中で、二人に告げた。

第二十八章　陽光——奏

よく晴れたその日、母方の祖父の元を訪れた。

未《いま》だ季節外れの赤い彼岸花が咲く墓地に、私と祖父が立っている。

私の手には、真新しい位牌《いはい》がひとつあった。

俗名〈ケンジ〉〈マヤ〉と並んで彫られている。

裏側には〈村嶺守秀信士〉〈光春妙照信女〉の戒名。

二人の名がどんな字であるのか、名字が何だったのか。どちらも分からない。だから、こんな形になった。

「お祖母《ばあ》ちゃんのお墓に入れて貰《もら》えてよかった」

二人が無縁仏として扱われそうなところを、無理を言って引き取ってきたのだ。

「耶英《やえ》も、やっと両親と一緒になれて喜んでいるよ」

祖父が線香に火を付けながら、満足そうに笑う。

そっと二人で手を合わせた。

私はふと顔を上げ、祖父に訊《たず》ねる。

「お祖父《じい》ちゃん」

「ん……?」

「私の話、信じてくれるんだね」

あの信じ難《がた》い出来事を私は祖父にだけ話していた。

話を聞き終えた彼は、すぐ「だったらケンジさんとマヤさんのお骨はうちの墓に入れなくちゃな」と申し出てこれたのだ。

「ね、お祖父ちゃん?」

祖父は静かに微笑を浮かべ、何も答えない。

立ち上がり、家へ戻ろうとする背中を私は追いかける。

墓から庭に降り立ったとき、背後に気配を感じた。

それはこれまでのような不快感を伴うものではない。

どちらかと言えば、光溢《あふ》れる春の――陽光のような柔らかい波。

「お祖父ちゃん!」

振り返ると、墓地の隅に祖母、耶英が立ち、こちらを見詰めて微笑んでいる。

「ん?」

こちらを向いた祖父に、私はそっと教えた。

「お祖母ちゃんも、笑ってるよ」

彼が辺りを眺める。その視線は一度も祖母のいる場所へは向かない。

それでも嬉《うれ》しそう祖母を見詰める私に、祖父は優しく、微《かす》かに頰を綻《ほころ》ばせる。

「そうだね」

家へ戻る途中で私はお墓を振り返った。さっきとは違う方向からも、陽の光のような優しい波が二つ、届いたからだ。

（よかった……）

私は満足し、祖父の家へ入る。

墓の端には、二つの姿があった。

ハンチング帽を被《かぶ》った青年と、白い着物姿の長い黒髪の少女だ。

二人は穏やかな様子で佇《たたず》んでいた。

第二十九章　友達　――奏

命芽吹く春がやって来た。

私が勤める筑豊大学医学部付属病院に、母は入院していた。

あの一件以来、彼女は赤ん坊のような状態になってしまった。言葉も話せないし、ひとりでトイレにも行けない。誰かが世話をしないと生きていけなくなった。

世話をするのは父だ。

あの騒ぎ以来、森田の家は凋落《ちょうらく》してしまった。

父は憑《つ》き物が落ちたように穏やかになった。以前とは違い、とても優しい顔を母に向ける。きっとこちらが本来の父なのだろう。

晴れた日は車いすに母を乗せ、彼らは仲睦《なかむつ》まじく散歩する。そのとき、父は母に常に話しかける。まるで子供に対するような優しげな口調で。例え、それが一方通行だとしても。

そのおかげだろうか。最近、人を判別できる程度には回復しているようだ。

時々、康太を加えた三人で中庭を歩く姿を見るが、そんなときの母はまるで無垢《むく》な少女のような笑みを浮かべる。

以前とは違う、家族の情景がそこにあった。

私も児童精神科医のレジデントとして頑張っている。

今日も、遼太郎とその両親がやって来ていた。

「本当に、森田先生のおかげです」

ロビーで母の優子が頭を下げる。

「いろいろありがとうございました」

続けて礼を言うのは、父の圭祐だった。

「遼太郎君は勘が鋭い子です。もし、何か急に不思議なことを言い出したりしても、否定せずに優しく聞いてあげて下さい」

この言葉は、児童精神科医としてだけではない。自らの経験からの助言だ。

遼太郎の両親は、納得したように微笑み、頷《うなず》いている。

(これでしばらく、遼太郎君とは会えないな)

喜ばしいことなのだが、一抹の寂しさが勝る。離れがたい気持ちが確かにあった。最初に担当した患者だからなのか、それとも他の理由なのか、まだ心の整理は付いていない。

「またね」

私はしゃがみ込み、遼太郎に目線を合わせ、再会を願う挨拶を伝えた。本当なら、病院には来ない方がいいのだ。それでも、もう一度会いたいと思った。その気持ちを知ってか知らずか、彼はこちらの耳に口を寄せ、そっと囁《ささや》く。

「おともだちによろしくって。ママが」

周りに子供はいない。では、誰だろう?

「お友達って? 私? ママが私に?」

内田先生の言葉を、ふと思い出す。

〈彼女はシングルマザーで頼れる身内もいなかった〉

最近、遼太郎の産みの母親について、もう少し詳しい話を聞いた。

彼女は本州の施設を出た後、筑豊へやってきた。仕事をしながら暮らしていたが、ある男性に出会い、押し切られるように同棲《どうせい》。子供が出来たと告げた途端、相手の男性は逃げたのだという。置き手紙に〈その子は絶対に男の子だから、ちゃんと産んで欲しい〉と身勝手な願いが書かれていたようだ。分からないのは赤ん坊の性別に関して調べる前に言い当てていたことだと、内田先生が言う。

そして、彼女は遼太郎を産み落とし、亡くなった。

(そうだったな)

彼の言うママは、きっと遼太郎を見護《みまも》っているんだ……。

私は遼太郎の頭を撫《な》で、立ち上がる。

「よし行こう」

圭祐に連れられ、遼太郎が歩いて行く。
見送っていると、彼がくるっと振り返り、手を振った。
左右を見た。誰もいない。
初めてだ。遼太郎が私にちゃんと別れを告げている。
思わず笑みが零《こぼ》れ、手を振り返した。本当に嬉《うれ》しかった。
満足したのか、彼が歩き出す。
(よかった……)
喜びと共に踵《きびす》を返した瞬間、背後からあの気配が伝わってきた。
生暖かく、濡《ぬ》れた手で、ねっとりと肌に触れるような、あの厭な感覚。
もう一度、振り返る。
遼太郎が立ち止まり、こちらを見詰めている。
小さな両肩には血の気の失《う》せた白い手が置かれていた。
彼の背後には、彼の本当の母親の姿がある。
彼女の目は何かを言いたげにじっと私を捉えたまま動かない。
頭の中に、複数の声が輪唱するかのように響き渡った。
——犬鳴村を出た身寄りのない人たちは、いたらしいが。

――遼太郎は、私たちの本当の子じゃ、ないんです。

――おともだちによろしくって。ママが。


私を見る遼太郎の瞳が巨大化していく。

獣のような呼吸と唸《うな》りがここまで聞こえた。

周りの人たちは、それに気づいていない。

耳が過敏になっている。周りに漂う臭いに鼻が痛い。その中に、とても魅力的な香りが混じっている。遼太郎の方から、ふわりとこちらへ届くこれは――。

彼の目は私を捉え、離さない。

血が騒ぐ。血が。摩耶《まや》から続く私の血と――きっと、遼太郎が継いだ血も。

口の中で、何かがギリギリと音を立てた。

内田先生が、私を遼太郎の担当医にしたのは、宿命。いや、抗えない必然だったんだ。

二人は会うべくして、会った。だから、こんなにも。

そうだ。彼の〈ほんとうのママ〉が言った言葉が腑《ふ》に落ちる。

私は、全てを理解し、口元が緩んでいくのを感じた。


――遼太郎は、私の、大事な、大事な、お友達。

血なまぐさい血縁の怖さにまつわる家族の映画《ファミリー・ムービー》

『犬鳴村』鼎談

清水崇（しみず・たかし）［監督・脚本］
保坂大輔（ほさか・だいすけ）［脚本］
紀伊宗之（きい・むねゆき）［プロデューサー］

犬鳴村のルーツや血筋にまつわる物語

――まずは『犬鳴村』の企画の発端から教えてください。福岡県に実在する犬鳴峠と、そこにある旧犬鳴トンネルにまつわる怪奇話や犬鳴村の伝説は、地元では有名ですし、全国有数の心霊スポットとしても広く知られています。なぜ都市伝説のような題材を映画にしようと思われたのでしょうか。

紀伊宗之（以下、紀伊）　最初のきっかけは、清水崇監督とホラー映画を作りたいというシンプルな思いでした。僕が所属する東映という会社は、ジャンル映画に強い会社だと思っています。それで僕は、東映ヤクザ映画の系譜に連なる『孤狼の血』（17）などを作ってきました。清水監督とは3年くらい前にお会いする機会があり、ホラー映画も皆さんに楽しんでもらえるジャンルだと考えていましたので、一緒にホラー映画を作りたいと思っていたんです。それも、横溝正史作品のような土着した、日本らしいねっとりした大人も楽しめるオリジナルのホラー映画が作れたらいいなと。そんな題材を探していたところ、たまたまインターネットで〝犬鳴村〟の都市伝説を発見したんです。字面《じづら》だけでも不穏な気持ちの悪い感じがするので、これは題材になるのではないかと思って、清水監督にご相談してみたわけです。

清水崇（以下、清水）　紀伊さんから最初にお話を伺った際、犬鳴峠にまつわることは、都市伝説や心霊スポットとして聞いたことはありましたが、名称として知っている程度でした。それに、都市伝説や心霊スポットをどうやって映画にするのかというのは、最初はちょっと……。というのも、『ブレア・ウィッチ・プロジェクト』（99）以降に増えたフェイクドキュメンタリータッチのPOV系（主観映像）作品もあるし、心霊スポット巡りやそこに真偽不明の霊的な何かが写っていたという映像作品も量産されています。現在、映画やドラマで活躍している監督の中には、そんな心霊映像ソフトを撮ってきた方もたくさんいます。それだけに、需要があるとは思うものの、白石晃司監督や中村義洋監督のような、僕よりその手のジャンルが得意な監督もいるし、DVDやTV、スマホで手軽に見れる短尺の作品も既にたくさんあるのかなと。ただ、インターネットの時代になったからこそ、人の不安感や恐怖感をあおる噂や都市伝説を元にしたような題材が脈々と増え続けている。ただ、それを劇場で見応えのある映画としてまとめるとなると、最初は「どうしたらいいの？」と、思ったんです。検索していくと、心霊スポットや廃屋に行ってみたという投稿動画などがものすごくたくさんある。ただ、そこでそのような謂《いわ》れや噂が湧いた背景には何があったのか？　といった、歴史のようなものが垣間見えるものは少なかった。でも、どこにだって、何かしらの歴史はあるわけだし、劇映画の物語として描くならば、その根っこは必要不可欠だと思いました。……で、もしも、それらの噂や謂れが直接自分と関わってきたら、うすら寒いというか、聞き流せない怖さに繋がると感じたんです。都市伝説を発端に自分のルーツを否応なしに知ることになったり、探らざるをえなくなるというのは、気味が悪いんじゃないかなと。それで紀伊さんに「犬鳴村のルーツや自身の血筋にまつわる物語にしたい」と提案したんです。ところが、プロットのようなものを書いているうちに、登場人物の設定や出自、犬鳴村の裏設定のような部分に凝《こ》り始めてしまって。何世代にもわたる家系図を作ったりもして、まとめられなくなってしまったんです。それで、紀伊さんに脚本家の方に入ってもらうことを了承いただいて、僕の方から保坂（大輔）さんに参加のお願いをさせていただきました。

――清水監督は、保坂さんと『戦慄迷宮３Ｄ THE SHOCK LABYRINTH』（09）『ラ

ビット・ホラー3D』(11)でも組んでいますね。今回、保坂さんにお願いしようと思った理由とは。

清水　僕は、深掘りしてバックストーリーばかりを作りこんでしまいがちなんですが、保坂さんは構成をまとめたり、ベースとしての形を作るのが早くて上手《うま》いんです。もちろんホラーにも長《た》けている。ベースの設定はいろいろ繕《ぬ》いこんでいたので最適だと思ったんです。それから、設定状態のプロットを見た紀伊さんが、「現地に行ってみよう」とおっしゃったため、紀伊さん、保坂さん、当時のアシスタントプロデューサーの方との4人で、1泊で犬鳴峠へシナハン(シナリオハンティング)に行ってみることになりました。

保坂大輔(以下、保坂)　でも、最初にお話をいただいた時はひどくて(笑)。「犬鳴峠にシナハンに行くんですが、一緒に行ってくれませんか?」みたいな感じで、その5日前くらいに突然言われたんです。「一緒に行けないなら頼まないよ」という感じで(笑)。

清水　そんなつもりはなかったですよ(笑)。でも、確かにまぁ〝心霊スポットへのシナハン〟ってのは、いきなりでしたね。

保坂　それでまず監督から送られてきたのが、何十枚もの家系図と犬鳴村に過去にこういうことがあったのではないかという設定表でした。あわせて、犬鳴村にまつわる都市伝説のまとめサイトのURLも送られてきた。正直なところ、「何これ?　物語は何もできてないじゃん!」とも思ったんですが(笑)、その家系図を見た時点で、今回は忌まわしい血筋の話がテーマなんだなということはわかりました。すべては使っていませんが、今回の映画の元になるような森田《もりた》家や籠井《かごい》家の血筋にまつわる話や家系図は、僕が参加する時点では既にあったんですよ。

清水　犬鳴村の籠井家に纏《まつ》わる話が特に長かったんですが、4人で犬鳴峠を見に行ったあと、保坂さんがすぐにおおまかな流れのプロットをあげてくれましたよね。

保坂　いわゆる犬鳴村の都市伝説としては、旧犬鳴トンネルを抜けるとそこに存在しないはずの村があったとか、「コノ先、日本國憲法、通用セズ」という看板がおちていた、といった話がありますよね。でもシナハン前に調べてみると、現在の旧犬鳴トンネルの入り口にはブロックがあって中には入れないようだし、他に雑多な情報もいろいろあったので、わからないことが多かったんです。でもそれが、シナハンで実際に犬鳴峠に行ってみたら、すべてが腑《ふ》に落ちた感じがあって。エンドクレジットで実際の旧犬鳴トンネルが写りますが、劇中と同じく実際にも大きなブロックが積まれていて、入れないようになっているんです。でも、なぜか旧トンネルにいったら通ることができて、その奥に村があったというのは、都市伝説とはいえ不思議な話だと思っていた。それで、実際の旧犬鳴トンネルの近くまで行ってみた時に、そこの仕組みのアイデアが浮かんじゃったんです。トンネル近くの電話ボックスからの着信を受けると、ブロックがなくなって道が通じ、村に行ける。でも実際にはブロックが積まれているという。そういう仕組みなんじゃないかなということが、実際に行ってみた時、腑に落ちたんですよね。やっぱり実際の場所を見ることって大事なんだなと思いましたね。都市伝説になっている、有名な電話ボックスにも行きましたし。

清水　心霊スポットや都市伝説の話題に上がってくる電話ボックスは、今もあの付近に現存する電話ボックスとは違うんですよ。実際のものはもっと山奥にあって、とっくに撤去されている。それは地元の人でさえも勘違いしていることが多いみたいです。それと……これはまさに気味悪い……というか、僕らにとっては幸いな偶然だったんですが、僕らがシナハンに行った時、犬鳴峠の現地各所を回ってくれたタクシードライバーの方が、旧犬鳴トンネル付近で起こった有名な事件の加害者の同級生だったんです。「わたし、同じ学年でクラスメートだったんです……」と。そんなこともあり、お喋り好きの方でもあったので、いろいろ教えてくれて。そのドライバーさんと同じ会社の若い後輩が、つい最近肝試しに行ってとんでもない目にあって帰ってきたらしいので……と、「監督さん、話してみますか？」と、その場で電話を繋ぎ、直接その方と話をさせてもらったり。他にも、いく先々で地元の方にお話を聞いてみたのですが、「あそこは絶対に行かないほうがいい」と皆さん口を揃えて言うんです。でも、……というからには、そういう方々はやはり皆さん実際に行った事がある方ばかりで、皆さん不穏な何かを感じているんですよね。僕がそんな話を聞いていると、紀伊さんもプロデューサーらしく「もし『犬鳴村』って映画があったらご覧になりますか?」とリサーチしてみたり（笑）。すると「どうかなぁ?」「怖そうだなあ」「それはマズいんじゃないか?」みたいな事を言いながらも明らかに興味ある反応があるので、紀伊さんは「これはいけるんじゃないか!?」と（笑）。

紀伊　福岡の人たちはみんな知っている場所のようですから、ホラースポットというよりは、タブーでもあるのでしょう。僕らも実際に気持ち悪かったですよね。

清水　そうですね。気味が悪かったですね。

保坂　行ってみるとわかると思います。

清水　僕らがシナハンに行ったのは7月末の真夏日でしたし、タクシーに乗っている間は結構な山道にも揺られて汗ばんでいたのに、途中で保坂さんが「ちょっといいですか?何故か僕、さっきから乳首が立ち始めてるんですけど……」とか言いだして（笑）。

保坂　犬鳴峠に近づくにつれ、両乳首がビンビンになっていきまして（笑）。でも、笑いごとじゃなく、怖いんですよ。一応、何か起こったら報告しなくちゃと思ったわけですが、その時は監督も笑わず、「それはゲゲゲの鬼太郎の妖怪アンテナみたいなものですか?」と聞くので、僕は「わかりません」と（笑）。その状態のまま山道を登っていったのですが、山だからかもしれないけれど、真夏なのに本当に寒くなっていくんです。それに、鳥が鳴いたり、木の葉がざわめいたりしていたんですけど、ある時、〝シンッ〟と、まったく音が無くなって、「えっ?」と思っていたら、そこが旧犬鳴トンネルの近くだったんです。この感覚の描写は、映画でも使っています。

清水　音がふいに止《や》むというのは、心霊スポットじゃなくても、たまにあるじゃないですか。カエルや虫の鳴き声が、人の気配のようなものでスッと止むみたいな。そういう感覚は、みんな子どもの頃から知っているだけに、それが旧トンネルの近くで起こったのは気持ちが悪かった。事前に聞いている情報の影響や、現場が茂みで陰《かげ》っているからというのもあるでしょうが、昼間なのに気味が悪いんですよね。本当は下見のつもりで、夜に改めて行こうとしていたんです。でも、とてもじゃないけどヤバイだろうという空気になって（笑）、夜には怖くて行けなかったですね。

――保坂さんは、シナハンでそういった経験はよくあるのですか。

保坂　ないですよ（笑）。

清水　保坂さんの中に、何かが降りてきたんでしょうね。一緒に行った4人の中におそらく霊感がある人はいなかったのですが、本当に犬鳴峠は不気味で、「ここはヤバイよね」っていう空気が流れてました。それと、保坂さんは関係者が初めて完成品を観る初号試写の時、エンドクレジットに本物の旧犬鳴トンネルが写っていることを知らずに観ていて、不思議なことにその時も乳首が立ったと言っていました。やっぱり本物には反応するみたいで（笑）。実際の旧犬鳴トンネルの画像を見たことがある方は、CMや予告編で、最初はあったブロックがなくなり、トンネルの口があいているという劇中カットを見て、「ヤバイ、行っちゃだめだ」という反応をしている人も結構いますね。本作の撮影で使った場所は、トンネル自体の大きさは違いますが、旧犬鳴トンネルと同じに見えるようなロケセットを組んでいます。ブロックのサイズは実物から採寸し、ロケ場所のトンネルのサイズにあわせて同じ比率に調整したブロックを作りました。普段はトンネルってどれも同じように見えるかもしれないけれど、実際にはかなり違っていて、意外と似た場所ってないんですよ。撮影で使ったトンネルも、すぐ横に新トンネルが走っているので、今はほぼ使われていない旧トンネルを借りることができたんです。

紀伊　撮影で使ったロケ場所のトンネルも、実は関東最恐のホラースポットらしいんですけどね（笑）。あくまで撮影できる似たトンネルを探したら、たまたまそこだったというだけですけど。

清水　ホテルや家などもそうですが、撮影可能な場所は現在使われていない場所であることも多いので、勝手にいわくつきにされてしまいがちではある（笑）。おそらく人間は何かそういう人の痕跡に今は姿無き人の想いを感じてしまうんでしょうね。それはロマンでもあり、恐れにも繋がるんでしょうけど。特にトンネルって、そもそも不自然なものじゃないですか。本来は山のあるところを、人間が自分らの都合で無理やり穴を掘っているわけですから。そうすると昔から、自然に対する怖れもあって、あの世に通じているんじゃないか、といった発想も生まれるのだと思います。自分らで作っておいて勝手な話ですけどね。

描かねばならないことと、描きすぎないということのバランスの難しさ

保坂　犬鳴峠に行った翌日、東京に戻る前の福岡空港で、飛行機搭乗までの1時間30分〜2時間くらい、ちょっと話そうかということになりました。実はそこで割と、物語の骨格らしきものはかなりできあがってしまったんですよね。

清水　地図からも抹消されているような存在したかどうかもわからない謎の村に、トンネルの奥が通じているらしく、そこはどんな場所で、何があったのか。それが自分自身や自分の家系と関わってくるという。そういう骨格のようなものが見え始めた時に、紀伊さんから村のシーンをもっと作れないかという提案もありました。でも、その謎めいたところをおおっぴらに見せてしまうと、怖さが半減してしまうのではないかと。そこをどのように構成して見せていくのか、どうやって辿《たど》り着くのか、犬鳴村とは何なのかというところが、最初のポイントになりました。実在するのかどうかわからない村だけど、その村に行ってみたら全部謎がとけてしまったとなると、人間って不思議なもので、もともとの不可思議な出来事に関しても、怖さも不安も感じなくなってしまう。何らかの納得し得る理由が付くと、「そうだったか……そりゃそうだ」みたいな……。だから、あそこはなんだっ

たんだろうという謎の部分も残さないといけないんです。

保坂　空港で話し合ったあと、すぐにプロットというか第1稿のようなものを書きあげましたが、その時点で、骨格は完成品とも近かったと思いますね。

清水　構成や展開自体は、最後まであまりブレていないと思います。

紀伊　登場人物はだいぶ減らしましたね。

保坂　とにかく監督が最初に作ってきた家系図がすごかったので、それを全部表現するのは無理だけど、それでも登場人物が多くなってしまった。

紀伊　最初はまだ家系図の要素がかなり入っていたので、あまりにも膨大すぎるし、登場人物も多かった。いろんなものが入りすぎているから、とっちらかりすぎかなと思いましたね。

清水　2時間以上あってもできないよと言われたし、普通の人はついていけないですよね(笑)。今でもギリギリくらいの感じかもしれないですけど、僕が当初考えていたものは、不遇な人や辿り着いた行き倒れの人などを擁護している施設的な村があったみたいなところから始まって、もっと過去の村で何があり、どういう歴史があったのか、というところばかりだったので、現代劇にはならない感じでした。そこを保坂さんが、物語のベースを現代に置きつつも、家系図の部分をまとめたりして、うまく構成してくれたんです。

保坂　最初は犬鳴村で何が起きたかということを、詳しく書き込みすぎていたんです。

先ほども話がでましたが、詳しく描くこと、今回でいえば犬鳴村で起きたことを描きこめば怖くなるのか、ということについて話し合いましたね。描かねばならないことと、描きすぎないということのバランスが難しかった。

清水　僕は謎解きの謎の部分ばかりを、ふくらましすぎてしまっていたんですよね。

保坂　結果的に削ったような部分は、小説版の方で描いていただいているところもありますね。

清水　小説版の著者の久田（樹生）さんが、映画では描けなかった部分も活《い》かしてくださっていますね。ご自身で調べたり解釈して、うまくふくらませてくれた部分もあります。久田さんからは、「冒頭の森田悠真と西田明菜のカップルが犬鳴村に行ってしまう部分は、小説では誰の目線かわからなくなってしまい映画と同じようには表現できないので、まことしやかに語られている怪談話にします」と提案されました。その分け方は素晴らしいなと思いましたね。ホラーや怪談話に慣れていない方だと、そこをごっちゃにしてしまうと思うんです。その判断はさすがこれまでも書いてきている方だなと。あと、実は制作中は、ちょうど怪談話にハマっていた時でもあったので、いろんな怪談話をモチーフにしたいとも思っていましたが、画も音もあってすごく具体的になる映画では、活かすことができないモチーフもたくさんあって。語って聞かせる上で怖く作れる怪談話とは、手法が違いすぎるんです。小説もまた違ったものですから、映画ではできなくても小説ならできることもある。ですから久田さんには、小説という表現で読むと怖い手法などは、いくらでも使ってくださいとお願いしました。

本当に怖いシーンって、劇場でもなぜか笑いが起きる

——決定稿に至るまでには、他にどのような過程があったのですか。

保坂　紀伊さんからは、5～10分に1回は恐怖シーンを入れて欲しいというようなことを言われました。それはなかなかの課題でしたね。

清水　保坂さんが書きあげてくれた準備稿に、恐怖描写になりそうなところは付箋《ふせん》を貼りながら読んでみたけど、付箋ばかりになるほど多かった。とはいえ映画になると、案外うまくいくところといかないところがあるし、無理やり細かな恐怖描写を入れるよりも引っ張った方が後々生きてくる部分もある。それで削ったり、かぶったニュアンスがある箇所は、もっと違った次のステップにあがったような、新たな恐怖描写はないだろうか、といったやり取りをしました。その中で、あるアイデアが出てきて、保坂さんと「それは面白い！」と、ワーキャー盛り上がりながら脚本を作っていきました。

保坂　本当に怖いシーンって、劇場でもなぜか笑いが起きるんですよ。怖いのを通りこして、笑っちゃうんですよね。これまでも清水監督との脚本作りでは、「これぞ！」という

シーンを思いついた時って、二人とも腹を抱えて笑っちゃうんです（笑）。今回でいうとそれが、自分が死んだことに気付いていない明菜《あきな》が、何度も鉄塔の上から飛び降りを繰り返している前後の一連のシーン。主人公の森田奏《かなで》が、電話ボックスで亡くなった、兄・悠真《ゆうま》の友達3人から追いかけられて車で逃げるんだけど、家の近くまで来ると明菜が落ちてきて、また車で逃げる。でも気づいたら男3人と明菜が、一緒に車に乗っているという（笑）。

清水　遠くで何度も明菜が鉄塔から飛び降りていることは、観客には見えているけど奏は気づかずに車を走らせている。それでいざ鉄塔の真下を通る時は上が見えていないから、急にドーンと明菜が落ちてくる……という話を「最初はこんな構図の絵で…そのまま奥に小さく…次は手前に…そして次のカットでは…」などと浮かんだ映画の画の話をして、いいねーと（笑）。「じゃあそろそろ家に着きましょうか」、「いやいや、そのあとバックミラーを見ると後部座席に3人とも乗っていて、横を見たら助手席に明菜も乗っているんだよ！」「それ大丈夫ですか⁉」「満員で、全員乗せてきちゃおうよ！」などと盛り上がって（笑）。この一連のシーンについては、まず思いついた時に僕らが大笑いしてましたからね……観客も笑ってしまうのではないかという懸念も話し合ったけど、笑われようがやりましょうと。アメリカ人は日本人よりも如実なんですけど、とにかく突然ビックリさせて怖がらせる〝ジャンプスケアリー〟が好きなんです。でもその後にみんなゲラゲラ笑うんですよ。多分それはビックリしちゃった自分を笑うことで、防衛本能が働いているのかなと。

僕は基本〝ジャンプスケアリー〟はわかり易過ぎて低級な気がして、誰でも簡単に作れるから、あまり自分でやりたくはないんですが、ここでは適度なバランスをもって描ける気がしたんです。それに……御多分に漏れず、日本でも、若い層は好きですし、製作側も売り込みの際の宣伝効果に使い易いですしね（笑）。

紀伊　中国の映画祭で上映した時の反応もそうだったよね。明菜が上からドーンと落ちてきた時は、劇場内の1500人が一斉に「うおっ！」って反応してましたから（笑）。

清水　僕はたまたまその時に我慢しきれずトイレに行っていて、そろそろあのシーンだから戻らなきゃと手を洗って出てきた矢先に、劇場内から建物が揺らぐほどの悲鳴がしたあと、どっと笑い声が聞こえたので、あー間に合わなかったなーと（笑）。

紀伊　日本よりも反応が良くて、大きなリアクションをしてくれていたよね。

清水　日本人は行儀が良すぎますよね。こういう映画なのに反応が薄いと、作った側としてはちょっと残念ですから。

「どうしてその立て札が立てられたのか？」という背景を考えて、発想する

清水　ただ、恐怖描写に関しては、いろんな種類と段階があって、想像させている間が一番怖かったりするから、実際に見せてしまうというのは難しさもある。映画の劇作とし

ては、最終的にクライマックスは何らかのカタルシスに向かいたいわけですが、大半のホラー映画は、そこでアクション映画のようになってしまいがちなんです。それは大団円感があるものの、アクション描写が強いほど、具体的すぎるし能動的になりすぎて、切り抜けてしまうことが予測できてしまうので、じわじわ積み上げてきていた怖さはどんどんなくなってしまう。「ロッキー」シリーズのような映画ならば、勝つのがわかっていても楽しめますが、ホラー映画で助かることがわかりつつ、主人公が強く立ち向かい過ぎてしまうと、物語の高揚と反比例して、肝心の怖さに関してはしらけてしまいますから。

紀伊　具体的にしすぎないということでは、怖い対象のものは存在しているんだけど、それが最後まで出てこないというのが、一番立派なホラー映画ですよね。

清水　『ローズマリーの赤ちゃん』（68）などはまさにそうで、本当にすごい作品。そういう手法も検討しましたが、この映画にはあわないだろうと。ただ、今回目指した、所謂Jホラー的な精神的にゾッとする怖さの映画では、はっきり見せすぎるのも、妖怪やモンスターのようになってしまい、どんなに怖い造形をしても、具体的すぎて怖さが薄れてしまう。日本人やアジア人が思い描く幽霊というのは、おぼろげな怖さを活かしたものでもあるので。また、それとは別に、毎回悩むのが、幽霊でもそうですし、モンスター、妖怪など、なんであろうと、それらが複数や大群で襲ってくると、どんな動きや演出をしようとすべてゾンビに見えてしまう、見られてしまうこと（笑）。ジョージ・A・ロメロ監督の生み出したゾンビ以降……ゲームやコミックなどでの波及も相まって、ゾンビが有名になりすぎて、アイコンのように刷り込まれてしまったんです。アニメの可愛いキャラにまで及んでいるので小さな子供まで「ゾンビ～」と知っているし（笑）。僕はこれまでの映画のそういったシーンでも「いや、ゾンビじゃない！」と言って演出してきたんですけど、もう無理だなと（笑）。それが亡霊の群れだろうと、複数の人間がたむろしたり、徘徊したりすると……やはり、それは「ゾンビ」と言われる。何が違うって……魂（霊魂：幽霊）と器（肉体：屍）の違いなんですけどね。一応、幽霊っぽくはしたつもりですが、今回はゾンビでもいいと開き直りましたね（笑）。そう言われても構わない、と。

紀伊　仕上げの時にも、幽霊の顔ははっきり見えないほうがいいだろうという話をしたよね。犬鳴村の村人も、顔をわかりにくくしていて、その加減が難しかった。

清水　アジア人、特に日本人は間接的なものや比喩表現、おぼろげなものに内面的な情感を感じて怖さを感じるところがあるけど、欧米では違うんですよね。もっと直接的な暴力だったり、残酷描写だったり、はっきり見えていたりとかに娯楽的怖さを求める。彼らに言わせると、僕らの〝怖さ〟はクリーピー（気味悪い）に近い。でも、幽霊がはっきり見え過ぎていると、よりゾンビ認識になってしまうので、亡霊の村人たちは顔が写っていた人もぼかしているので、俳優陣には申し訳ないなと（笑）。

――犬鳴峠や犬鳴村にまつわるいろんな怪談話や都市伝説については、どのように活かしましたか。

清水　使えそうな話と使えない話を取捨選択して、それをどうふくらませていくかを考えました。最初は、犬鳴峠の都市伝説にある一番有名な白いセダン車の話（白いセダン車で行くと、音がしてボンネットやバンパーに手形がついていたり、村人に追いかけられるなどの都市伝説）をどう使おうとかも考えました。車で逃げるけど、どんどん何かが追っかけてきて、手形もついていいて……初期段階では、脚本に取り入れていました。

保坂　その話は使いませんでしたが、閉じ込められた電話ボックスに手形がつくシーンに少し活かされています。劇中では、バンって音がして手形がついたあとに、外側から叩かれたのかと思ってみたら、なぜか内側から手形がついていたという。

清水　犬鳴村の入り口に「コノ先、日本國憲法、通用セズ」という立て札があるところは、犬鳴村の都市伝説にあるものですが、僕はそこから「どうしてその立て札が立てられたのか？」という背景を考えて、発想がふくらんでいったわけです。だから本来、都市伝説でのあの看板の意味は村の外側への警告と捉える節が強かったようですが、逆に映画では村の内部へ刃が向けられた（ここより内にいるものは……という）蔑視的なものだった……という風に転換したんです。

――実在する場所を扱う難しさはありましたか。

紀伊　もちろんそこは考えたわけですが、難しいからこそ映画としては面白いし、皆さんに観ていただけるのかなと。いろんな配慮は必要ですが、実在の場所を舞台にすること自体がいけないわけではないですよね。例えば物語として、新宿区で殺人事件があったという話は、場所を出してはいるけど、許可をとらないと描けないわけではない。今回の映画も同じで、実際に福岡県宮若市犬鳴という場所は存在しているし、旧犬鳴トンネルも実在する。犬鳴谷村というのはかつて存在していたわけですが、その村はもうないし、犬鳴という場所にも現在住んでいる人がいないことは確認しましたので、製作に踏み切ったわけです。

見て見ぬふりをしても、それができない血筋の因果

――主人公を女性にすることは、最初から想定されていたことですか。

紀伊　それはそうですね。

清水　男性主人公のホラー映画にも挑戦していますが、基本はやっぱり女性が怖がる姿の方が、女性から観ても男性から観ても共感しやすいし、なんとかしてあげたくなるような思いも働くんですよね。男性が主人公の場合、悲鳴をあげたり怖がったりしていると、「しっかりしろよ」「自分でなんとかしろよ」と思われてしまう。それはイケメンだろうがブサ面だろうが……（笑）。それは世界共通だと思いますので、男性主人公だと肉感的な直

接対抗やアクションの方に感覚も寄っていってしまう。それに、女と男の幽霊でも、やっぱり女性の幽霊の方が、男女どちらも怖がるんです。それは、女性の方が身体的には弱くても、内面に秘めた思いなどが強いことを、本能的に知っているからこそ、亡くなったあとも怖いのかなと。そもそも生きている人間同士でも、表に出さず水面下で蠢く妬《ねた》み嫉《そね》みは、女性の方が遥かに凄みを持っていますからね（苦笑）……その辺、男同士なんて浅はかで可愛い位のもんです。男で良かったと心底思います。アメリカなどは、ジェイソンのような力任せの男性的なわかりやすい怖さを好むところがありますが、おそらくアジア圏では、怖がるのも怖がらせるのも女性の方が向いているし、怖いと思うんですよね。

紀伊　主人公の奏に関して言うと、僕が最後までこだわっていたのは、彼女の感情線を時系列の中で明快に繋《つな》げて欲しいということ。途中から怒濤《どとう》のように家族がぐちゃぐちゃになっていくから、冷静でいられるわけがないので。

清水　そこは徹底して言われましたね。追い詰められてもまだ冷静に見えるとか、追い詰められる瞬間がどこなのかをもっと明確にした方がいいんじゃないかと。そういう時にこそ、主人公らしさや、その人物の行動、考え方などが見えるから、奏の感情の変化をきちんと描くことは、確かに重要なポイントでした。

紀伊　お兄ちゃんと弟がいなくなり、お母さんはおかしくなってしまい、実家には家族を中傷するひどい言葉で落書きまでされてしまう。散々な目にあってお祖父《じい》ちゃんに会いに行くみたいなところは、やっぱり大混乱だと思うし、冷静でいられるわけがないという話をしましたね。

清水　興味もなく信じてもいなかったことを、奏がどの時点で自分から能動的に調べていくスタンスになるのかというのが重要で、そこは最後まで話し合いました。車で怖い目にあったあと、家に辿り着いてもお母さんはおかしくなってしまっている。これはもう逃げ切れないから、何かせざるをえなくなるという方向に向かうんじゃないかと。

保坂　ホラー映画の登場キャラクターって、存在するわけがないと恐怖から目を背けていたり、怖がってばかりいる人は、死んでいくんですよね。最終的にちゃんと恐怖に向き合っている人が生き残る。子供の頃から霊が見えていた奏は、医学の道に進むことで、科学で証明できることなんだと思おうとしていた。でも、自分の血筋の問題を含め、科学では証明できない怖いことを受け入れることで、生き残るんじゃないかなと考えました。

清水　奏は生まれつき持っている霊感みたいなものを見ないようにしていた。それは「ふたしちゃろ」という犬鳴村の村人の歌にも繫がっています。見て見ぬふりをしようとしているけれども、それができない血筋の因果みたいなものと霊感があるからこそ、真逆ともいえる医師という科学分野の方に進んだのだろうという話をしましたよね。

――「ふたしちゃろ」の歌は創作ですか？

清水　もともと僕があれこれ背景作りをしていた際に幾つか書き出していた詩の引用で

す。保坂さんからあがってきた脚本に、僕がこんな歌詞の歌を加えたらどうですかと提案しました。撮影時にも歌わせたかったので、音楽の海田（庄吾）さんに、撮影前に曲をつけていただきました。歌詞はダブルミーニングになっていて、「あかごはみずにながしちゃろ」の「みず」は、「水」と「見ず（見ない）」の意味でもある。映画で音として聞くのと、小説で文字として読むのとでは、それぞれに違った怖さもあると思います。村はダムとして水で蓋をされ、そこに通じるトンネルは周囲から蓋をされ、村や村人、彼らにした事、起こった事、その血筋の行方や秘密にも蓋がなされている。その肝心の秘密も〝わんこが姉やに…〟の詩にある通り、人獣交配を意味した〝ふたしちゃろ〟にかけました。秘密を知らない主人公・奏は、自分の生まれついての霊感に自ら蓋をして見ないようにしている。村人たちの生活や心情を想定していた時にふと浮かんで書き留めていた詩でしたが、結局この「ふたしちゃろ」というタイトル自体が、僕の中でこの映画の裏テーマに繋がっていきました。

――奏を生き残らせることは、最初から決まっていたのですか。

保坂　そうでもなく、物語の流れの中で考えていったことですね。観客や読者の方がどうとるのかはわからないですけど、結局、奏は〝犬人《いぬびと》〟になるわけですから、生き残ったことで、このあと死ぬ以上にもっと怖いことが起こるのかもしれない。奏自身がそれを受け入れているのかもしれませんが、生きている人間からすると、その方が怖いですよね。

結局、血筋からは逃げ切れないですから。

清水　ラストの奏というのは、そういうことだと思うんですよね。そういえば脚本を作っている時、女性スタッフから、奏に彼氏やパートナーとなる人がいた方がいいのではないかという意見が出たこともありましたよね。女性目線で見ると、主人公が若い女性であるのなら、パートナー的な存在が欲しいと。その場合は奏にしか見えない存在の成宮健《なりみやけん》司《じ》が、そうなれるのかということも話し合いましたが、健司には籠井摩耶《まや》という存在がいるので、それは無理があるなと。そこの被りを追い込んでいくと、別の（時を隔てた肉親同士の）怨み（三角関係の嫉妬）話になってしまう。それに、今回の奏には余分だろうということにもなりました。

紀伊　パートナー的な存在がいると、一緒に行動してしまうことにもなりますからね。

――奏以外にも、思い入れの深いキャラクターとは。

清水　僕は奏の弟の森田康太《こうた》ですね。やっぱり、いつでも子供の扱い方に興味が向くので（笑）。

保坂　僕は森田悠真と西田明菜のカップルですね。二人については、小説版でより深く書いていただいています。

紀伊　悠真の設定は、かなり話し合ったよね。実は森田家とは何かということがしっかりしていないと、多分この物語は破綻するから。要するに森田家というのは、田舎の大名士なわけです。そういう立派な家のできそこないというのが、悠真のキャラクター設定でした。

清水　最初の設定としては、ずっとジャージを着て夜中に彼女と遊び歩いているような、図体ばっかりでかいズボラなボンボンのでくの坊でした。田舎の地元で権力をもった家柄でも、ダメな兄としっかりものの妹といったような兄妹って、結構いますよね。僕は知り合いにチラホラ数人……（笑）。それはリアリティがあるなと。悠真を演じた坂東《ばんどう》（龍汰《りょうた》）くんが、中肉中背のイケメンなので、見え方としては変わっていったんですけど、基本設定はそういう感じでした。

紀伊　悠真がバカだから事件が起きるけど、最後は犠牲になるという義侠心《ぎきょうしん》をみせるわけなので、やりようによっては、悠真が主人公になっても成立してしまう。重要なキャラクターだけど、立たせすぎると、奏がくわれてしまいかねないので、そのバランスが難しかったですね

ホラー映画は、ネガティヴ要素が宣伝に使える唯一のジャンル

紀伊　脚本直しは最後までやっていましたね（笑）。クランクイン直前に、オールスタッフミーティングが終わったあと、まだ脚本の打合せをしていましたから。

保坂　ギリギリでしたよね。
紀伊　やっぱりまだ監督が、犬鳴村のルーツの部分などにこだわっていたからね。まあ脚本づくりというのは、みんないつまでもやりたいんですよ（笑）。これで一言一句完璧とは、なかなかならない。
清水　僕が細かい部分をいろいろとふくらませすぎてしまったのもありましたね。例えば、〝いちばん追い詰められた奏〟みたいなシーンをつい加えてしまって。でもそのシーンは、撮影したのに切ってしまった。クランクイン直前に追加した箇所だったので、完成品を観た奏役の三吉《みよし》（彩花《あやか》）さんは戸惑ったとかな？（笑）。最初は一応、撮影シーン全体をラフに繋げてみるんですけど、追加してわざわざ撮った箇所でも、僕はバッサリ切ってしまう方なんです。だから助監督などに、「あそこだけは残しておいた方がいいんじゃないですか？」と言われることもあるけれど、僕は「いや、いらない」と切ってしまう（笑）。
保坂　亡くなったはずの明菜（大谷凛香《おおたにりんか》）が、彼女の葬式中に起き上がって、「なんで私だけ？」って奏に言うところも、編集で切りましたよね。
清水　そうですね。奏にだけそれが見えるという。それで、〝この子はわけがわからずに死んでしまったけど、何か想いを残しているんだな〟ということが、奏にだけ感じられるという。他にも、奏が恩義を感じている医者の山野辺が亡くなり、その遺体を前にした奏が一人で嘆き悲しむというシーンや、沈みゆく犬鳴村にジワジワと水が入ってくるといったシーンなども、編集段階で切りましたね。

保坂　どのキャラクターにも思い入れがあるので、深堀してシーンを作れてしまう。でも実際に撮影して繋いでみた時に、映画としての全体のバランスを考えると、いらないかなと思ったわけですよね。

清水　最初に繋いでみた時は、完成版より40~50分長かったと思います。ただ、細かく切っていった一方で、刻みすぎてしまったような奏の気持ちの流れに必要なカットなどは、最終的には加えた部分もありました。

紀伊　僕の方からは、監督が繋いだものを観たあとに、「あともうちょっとテンポを出したいね」みたいなことを言って、最終的には7~8分切ってもらいましたよね。

——清水監督は、スタッフやキャストなどが初めて完成品を観る初号試写の上映前の挨拶の時、「これはファミリー映画です」とおっしゃっていましたね。冗談なのかなと思いましたが、作品を観ると、確かにそういう映画でもあると思いました。

清水　ファミリー映画や家族映画というと、みんなディズニー作品などを想像しがちですが、そうじゃなくて血なまぐさい血縁の怖さにまつわる家族の映画もあって然るべきだし、そう呼んでもいいのでは？　と。現実はそっちの方が多いと思うんですよね。家族映画と言われるものが全て、心あったまれるハッピーエンドな優しい映画と思うなよ（笑）。ひねくれてますね……（笑）。それに僕の中では、高島礼子《たかしまれいこ》さんが演じた、奏の母親の森田綾乃が、犬のように獣化しておかしくなってしまうところは、"介護ホラー"だと思って演出しているんです（苦笑）。介護と言ってしまうと、御幣や失礼な勘違いを生んでしまいそうで、高島さんにはそうは話しませんでしたけど。誤解を恐れずに言えば、ほとんどの人にとって介護というものは恐怖かもしれない。逆に高島さんと高嶋《たかしま》（政伸《まさのぶ》）さんに演じていただいた両親にとっては子育てが恐怖……悠真のような長男との距離感は家族内で育まれ、乗り越えるべき恐怖ですよね。責任と重圧などで、むしろ介護している方や子育てしている方がおかしくなりかねないですから。それは世界共通の問題だし、子育てや介護は、生まれてきた上での義務ともいえるから、抗えない血筋の恐怖の一端でもある。綺麗《きれい》ごとだけでは済まされないことなので、尚の事……恐ろしいですよね。怖がってばかりいられない、怖がってる場合じゃないってところが。

――制作中に、不可解なことなどはありましたか。

清水　保坂さんが送ったはずのメールが届かないということが、3~4回ありましたよね。「届いてますか?」という連絡がきて、「届いていないですよ」というやりとりをしたことが何度かあって。

保坂　毎回といってもいいくらいでしたよね。こんなことは初めてだったんじゃないかな。

清水　保坂さんとのお仕事は3度目ですが、そんなことは今までなかった。

保坂　他のスタッフの方にも届かないということがありましたよね。

紀伊　そうだったね。

清水　それで保坂さんは怖がっていましたが、ホラー映画としては、幸先のよい風が吹いているなと僕は思っていました（笑）。ホラー映画は、ネガティヴ要素が宣伝に使える唯一のジャンルなので。その他の映画では、機材の故障があったり、ケガをしたりといったことは、宣伝にならない。でもホラー映画だと、そういうトラブルも宣伝になる不思議なジャンルなんです（笑）。

紀伊　撮影中、スタッフの身内の方で、劇中と同じようなセリフの亡くなり方をされたということもありましたね。

保坂　あと、僕の部屋は1階で、窓にカーテンがかかっているのですが、その隙間からおばあさんがこちらに向かって歩いてくるのが見えたんです。ウチを訪ねてきたと思って玄関に行き、外に出てみたのですが、誰もいなくて。

清水　保坂さんの家におばあさんはいないし、お母さんも早くに亡くされているから、女性は一緒に住んでいないんです。それで、近所の人が来たのかと思ったんですよね。

保坂　その数日後、深夜1～2時くらいに、ピンポーンと玄関チャイムが鳴ったんです。そんな夜中に怖いじゃないですか。だから玄関にも行けなかったんです。でも、ずっと鳴っているので、弟が2階から降りてきて、「誰か来たの?」と言うから、「わからないけど、怖いから出ない方がいいよ」と言ったら、弟が「見てくるよ」と。それで弟が1階の僕の部屋の窓を開けて、そこから玄関の方に回ってみると、誰もいなかったんです。それで僕も外に出て玄関の方に行ってみたのですが、誰もいないのにまたピンポーンと鳴ったんです。

清水　それは何かがいるってことでしょう(笑)。そのおばあさんがいるんですよ。

保坂　ここにもいるの?

清水　保坂さんの家に(笑)。それか弟さんについているのかも。

保坂　いやいやいや(笑)。まあ、今回の脚本を書いている最中は、そんなことがありましたね。元来が怖がりでもあるんですが、『犬鳴村』の脚本を書くのは本当に怖くて。それで家では書けなかったので、ずっとカフェで書いていましたね。

全国津々浦々の心霊スポットを舞台にしてシリーズ化できたらいい

――続編の構想などはあるのでしょうか。

清水　小説版の構想を聞いた時にも思いましたが、各キャラクターの今後については、小説版で物語や各キャラクターを掘り下げてくれた久田さんの方が、僕らより考えてくれているかもしれません(笑)。

紀伊　プロデューサー的には二つの案があります。噂では犬鳴村の隣に、猫鳴村があるらしくて……。
清水　猫峠というのが実際にあるのですが、地元の人でもあまり知らないみたいでしたよね。
紀伊　そこを題材にできたらと。今度は奏が猫鳴村に……（笑）。
清水「今度の敵は猫だ！」なんてね（笑）。犬人《いぬびと》であることを認めた奏が、猫鳴村に行くとか（笑）。
紀伊（笑）。もう一つは、続編ではないですが、全国津々浦々の心霊スポットを舞台にしてシリーズ化できたらいいなと。
清水　地方自治体がこぞって、「うちの心霊スポットを使ってください！」となったら面白いですよね（笑）。
保坂　まだ劇場公開前なのに、「『犬鳴村』の次はこれを作ってほしい！」みたいな声が、公式Twitterに寄せられていて、面白そうな都市伝説がいろいろありそうでしたよ。
清水　それを募集したら面白いですよね。
保坂　使っていない廃駅なども面白いと思うし、舞台にできそうな題材はいろいろありそうですからね。

（取材・構成＝天本伸一郎）

あとがき

『犬鳴村〈小説版〉』の依頼を頂いたとき、正直驚きました。

「清水崇《しみずたかし》監督が新作を撮る」と知ってから、詳細な情報を待っているときだったからです。言うなれば、一ファンとして楽しみにしていた映画の関係者に突然なってしまったのですから。これを青天の霹靂《へきれき》と言わずしてなんと表現すればいいのでしょうか。

もちろんお話を承った後、ふと悩みました。

自分でいいのか？　と。

知らないうちにプレッシャーを感じていたのでしょう。

「原作小説を書く気持ちで臨んで下さい」

清水監督はそう発破を掛けて下さいました。ありがたい話です。

お話を受けてから、〝犬鳴村〟についてネットと書籍で調べてみました。

これまで幾度となく耳にしていましたが、改めて考えてみると、犬鳴村伝説の特殊性がまざまざと浮き上がります。

都市伝説としての側面と土着的な要素が異様なほど絡み合っているかと思えば、どこか冷めた印象、と言うのか。どの地方でも成り立つような要素があるのです。

犬鳴村伝説とは、ある種の真実と虚構が入り交じり、捻《ねじ》れた姿をしています。

小説に落とし込むには、伝説だけを追っていてはいけません。

いつものように、調査範囲や項目を拡大して行きました。

そうして朧気《おぼろげ》ながら、どこをどう活用するかが見え始めたのです。


また、執筆を前に、映画の各種資料を頂きました。

家系図を含む設定、映像など多数でしたが、まず全てに目を通すことが必須です。

最初に脚本を読んだ後、気がつきました。

映像を先に見るべきだった、と。

物語の流れを全て知ってから映像を見ると、映画の衝撃が薄れると考えたからです。

ところが、実際には違いました。

展開の隅々まで知っていても、映像と音の持つ説得力は微塵《みじん》も変わらなかったのです。

このシナリオと映像資料を起点に、更に清水監督と脚本の保坂大輔《ほさかだいすけ》氏との打ち合わせで聞いた裏設定やカットされたシーン、要素を加えて、小説化を始めました。

この際、清水監督に私はある質問をしています。

とあるシーンについてでしたが、出てきた答えは「もっと残酷に」でした。

この時、私の進む方向性が定まったように思います。

〈無残で残酷〉


と言いつつ、プロット（あらすじ・構成）で難航しました。

全部で四つ、プロットを練ることになったのです。

ひとつ目は、映像を見たそのままに、台詞をシナリオから持ってきた物。

これだと小説にする意味があまりありません。

二つ目は、主人公・奏の視点で彼女の内面を描くプロット。

面白い内容だと感じましたが、この手法だと物語の書けない部分が多いのです。

諦めて三つ目を構成し始めました。

数名の登場人物の視点で進めるパターンで、映画の展開そのままに、それぞれの思惑や行動を主観で紡ぎ出す形です。所謂《いわゆる》、ザッピング的な手法でしょうか。

しかし、何かがしっくり来ない。

そこでひとつ目と三つ目をミキシングし、更に全体的な構成を変更した四つ目のプロットが生まれました。

この四つ目に〈伝説部分や怪異部分に実話ルポルタージュテイストを織り込んだパート

を加える〉形で本書の原型が出来上がったのです。

プロット完成の後、私は現地へ飛びました。

これまで続けてきた作家という仕事ですが、小説・実話ホラー・ルポルタージュを書く際、出来るだけ現地を確認しに行きます。

何故なら、現場の空気を五感で味わっておくことが肝要《かんよう》だからです。

例えば、舞台となる宗像《むなかた》地方。そこの空の色、風の薫り、水の味、自然の中で響く鳥や動物たちの声。全てを体感しておくことで、文章化する一助となるからです。

実際に足を運んで最初に感じたのは、自然が豊かだと言うこと。

また、日中と夜中だと道路事情がかなり変わること。

そして、レンタカーのカーナビゲーションが当てにならない、と言うこと。

目的地をセットしてもまともに案内してくれないのです。

トラブルは現地取材の醍醐味《だいごみ》ですし、よくあることなので笑ってしまいましたが……。

現地取材の後、小説の執筆に移ります。

書き出してみて感じたのは、映画を文章にする際、どうしても難しい部分が残っていることでしょうか。

映像だとすんなり受け入れることが出来ることも、文章化すると突然違和感の塊になり、不自然さが増してしまう、とでも言いましょうか。

その部分はアレンジし、全体に馴染《なじ》ませていくことで乗り越えました。

第一稿完成後、更にチェックを受けた後、第二稿へ修正します。

途中で、構成そのものを見直して完全に入れ替えた部分や、新規に書き下ろした章を加えた箇所も多かったように記憶しています。

この第二稿の途中、私は日本の数ヶ所にある〈心霊スポットのトンネル〉を巡りました。

犬鳴村とは無関係と言えば無関係なのですが、小説中にイメージとして落とし込む際に必要な気がしたからなのです。

真夜中に心霊トンネルをひとり歩くと、様々な発見がありました。

まず、足下の不安定さ。そして染み出す水分の多さ。生身で聞く、音の反響具合。

トンネル内に入ってきた車が私を目撃したときの反応。

更に空気の動きや匂い、出入り口の雰囲気は、体験してみないと分かりません。

あと、カメラのシャッターが落ちないとか、通信機器のエラーが頻発するなどありましたが、これはこれで面白かったと思います。

が、犬鳴村は、それだけでは赦《ゆる》してくれませんでした。

執筆も佳境に入ろうとしたときだったと記憶しています。

原稿用パソコンの辞書データが消えました。

デビューから育ててきたものが、綺麗《きれい》さっぱり、欠片《かけら》もなく。

バックアップがあったはずだとパソコン内と外付けハードディスクを探しましたが、なんとそちらもなくなっているという周到さです。

結果、辞書の再構築をしながら、登場人物の名前などを最低限の単語など入力し直しになりました。

これで大丈夫だと安心していると、今度は辞書ツールそのものが不具合を起こします。

文字を打つと変換がまともに出来ないので、インストールし直しました。

タイミングが良すぎるのですが、これもまたよくある話なので仕方ありません。

とりあえず、インストールと再設定を終えた後、パソコンに向かって叱っておきました。

もう止《や》めてね、と。

以降、辞書関係のトラブルはなりを潜《ひそ》めました。


——実は、ここだけの話ですが……。

本書の中には、私が取材をしてきた心霊スポットや実話恐怖体験談から幾つかの要素をピックアップして、忍び込ませてあります。

どこに、どういう形で使っているかは内緒ですが、そのせいもあって各種トラブルがあったのかも知れません。

でも、ホラー物に携わっている最中に起こる不可解な現象はある種の賑《にぎ》やかしですし、正直なところ「あとがきのエピソードが増えた！」と喜んだ部分もあります。

おっと。こんな事を書いていると、また辞書ツールが臍《へそ》を曲げる可能性があります。それは困るのでここまでにしておきましょう。


そうそう。

本書は、映画を見てからでも見る前でも、どちらでも面白くなるように整えました。

映画『犬鳴村』を見てから読むと、副読本的に映画を補完する物として。

読んだ後なら、清水監督と保坂氏が構築した『犬鳴村』という映画の世界と比較できます。

それぞれにきっと驚く部分があるはずです。

もちろん、表現方法の違い、映像と音ならではの説得力や迫力、文章だから出来ること、が実感して頂けるでしょうから。

そして——実は裏設定やカットされたシーンにない部分を、幾つか挿入してあります。

どこのパートかはここでは秘します。

ひとつ言えば、清水監督、保坂氏、東映プロデューサー・紀伊宗之氏のお三方をして、

「気持ち悪い！」と言わしめた部分を含みます。

気持ち悪い。最初に狙っていた事なので、最高の褒《ほ》め言葉です。


最後になりますが、謝辞を。

清水監督、保坂氏、紀伊氏には感謝の言葉もございません。

鼎談《ていだん》で語られた今後の展開に関して、日本各地の隠れたエピソードなどでお助けし、お礼させて頂けたら、と考えています。

そして版元の皆様、担当氏には大変ご迷惑をお掛けしました。ありがとうございます。

そして、本書を手にとって下さった皆様。

是非、映画と小説版の両方を楽しんで頂けたら、と切に願う次第です。

久田　樹生

二〇二〇年　令和二年

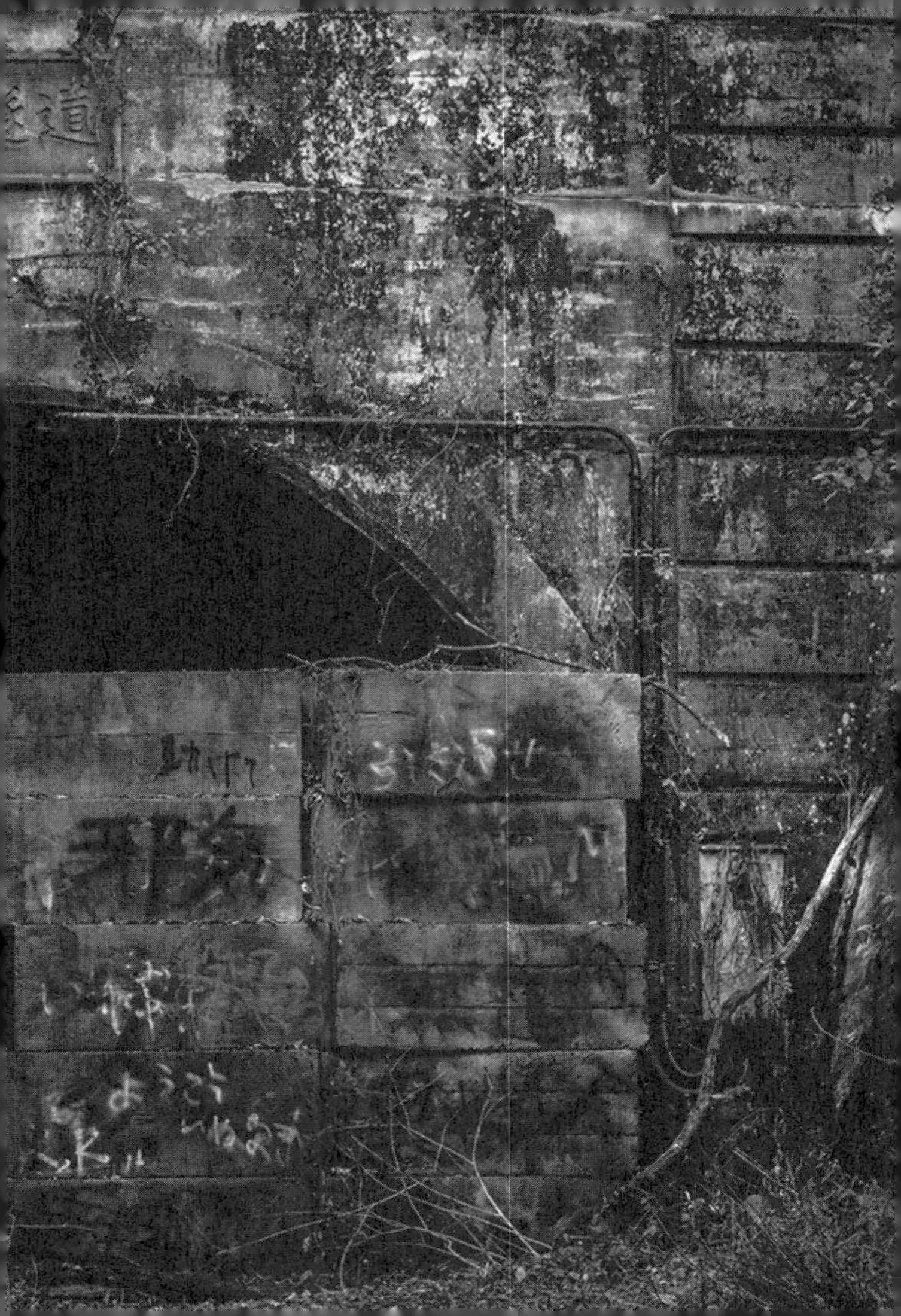

久田樹生 Tatsuki Hisada
作家。徹底した取材に基づくルポルタージュ系怪談を得意とするガチ怖の申し子。代表作に『「超」怖い話　怪怨』『「超」怖い話ベストセレクション　怪業』『怪談実話　刀剣奇譚』（以上、竹書房文庫刊）など。

犬鳴村〈小説版〉
２０２０年１月２３日　初版第一刷発行
２０２２年９月２５日　初版第八刷発行

著……………………………………………………… 久田樹生
脚本………………………………………… 保坂大輔、清水崇
カバーデザイン……………………………………… 石橋成哲
本文ＤＴＰ…………………………………………… ＩＤＲ
編集協力…………………………………… 大木志暢、天本伸一郎

発行人………………………………………………… 後藤明信
発行………………………………………………… 株式会社竹書房
〒102-0075　東京都千代田区三番町８－１　三番町東急ビル 6F
email: info@takeshobo.co.jp
http://www.takeshobo.co.jp
印刷・製本………………………………………… 凸版印刷株式会社

ISBN978-4-8019-2158-0　C0193
Printed in JAPAN